太平妖姬

壹. 玉虛歌

目次

【角色簡介／技能解說】 005
第一章 火中安息 009
第二章 永生沫影 031
第三章 知善惡果 074
第四章 七十而七 096
第五章 信者救贖 122
第六章 瑪門之罪 152
第七章 迷羊不返 178
第八章 血豔紫荊 206
【後記】 224

【角色簡介／技能解說】

【淮軍】

張紀昂：25歲，昂字營營官，重情重義，愛兵如子，但性格固執，不與人合流，因而遭受排擠。一心報效朝廷，為民解難。

武器：天鐵斬馬刀、天鐵大刀

技能：靈識、喚神（武聖）

【常勝軍】

奧莉嘉．巴甫洛維奇：15歲，金髮藍眼，真主賜福之人．性格純善，會為所有死去的生命哀悼，平時幾乎無情緒起伏，一旦情緒激動，便會發動熾天使之羽，瞬間可殺千名狂屍。

技能：熾天使之羽

蘇我代：28歲，雖是男人卻比女人嫵媚，北辰五行流師範。毫不掩飾對張紀昂的喜愛。

武器：北辰劍——不動尊
技能：北辰五行流

碧翠絲・德瑞克：9歲，聖公會教徒。著名海盜爵士德瑞克的後代，充滿冒險精神，偷偷跟隨戈登少校來到東方。
武器：1845式軍刀

哈勒・戈登：31歲，來自大洋彼岸島國的教士，被政府與教會授命前往東方處置「異端」問題，成為常勝軍指揮官，軍銜為陸軍少校。
（原型：查理・喬治・戈登，英國軍官，赴清國指揮常勝軍與太平軍作戰，後受封提督。）

【淮軍】

李鴻甫：40歲，淮軍總指揮，官拜總兵。足智多謀，相當具有外交手腕。
武器：精鋼王弓。
技能：靈識、喚神（飛將軍）
（原型：李鴻章，淮軍領導，外交手腕極強，晚清四大名臣之一。）

劉三省：29歲，體格壯碩，力有千鈞。剛毅果決，驍勇善戰，乃張紀昂同鄉長輩，亦是張紀昂最信服的人。
武器：陌刀
技能：靈識、喚神（滄海君）
（原型：劉銘傳，淮軍主要將領，臺灣首任巡撫。）

【太平軍】
洪秀媜：？歲，自稱真主之女，帶領刀槍不入的狂屍席捲古老的東方帝國，並創立太平天國，號稱太平天后。
（原型：洪秀全）
皎天：紅髮凌散，面白神兇，身形結實而大，太平驍將之一。
（原型：黃子隆，太平天國將領，封皎天侯，鎮守無錫時被淮軍俘虜，後行刑死。）

※

熾天使之羽：一元兩面，有聖者天使與墮者天使，依照宿主情緒而變化。

北辰五行流：以一刀流為基礎加上雷火水風空五行而成，掌握三行可成師範，五行聚會則為掌門。需使用門派專門打造的北辰劍才能更好的發揮能力。

雷行／以雷電附劍

火行／以火焰附劍

水行／改變劍型，可滴水穿石般堅韌，也可柔弱綿綿

風行／劍氣

空行／不念心、無住心、非心心、無心相心，然後一擊必殺

靈識：打通經脈，凝聚丹心，感應萬物。開啟靈識後更耐戰耐打，並有效對抗狂屍，湘軍淮軍中哨官以上皆能掌握。

喚神（神將）：自古以來強悍的人在死去後會有部分精魂不散（特別是含恨者），開啟靈識而較強者可與精魂感應，可召喚出來協助作戰。若召喚時間過長，或為驅動該精魂更強威力，則會消耗陽壽。

第一章　火中安息

陰雨綿綿，烏啼哀訴。

原野血流成河，雨絲凝滯狂屍與腥血結合的惡臭，久久揮散不去。狂屍的嘶吼盤桓耳畔，張紀昂能聽見同伴一個個被撕吞入腹，但他只能躺在地上聆聽哀號。

汙血染滿戰袍，爛泥掩蓋住視如生命的珍貴兵器，成了失去鋒芒的破銅爛鐵。即使眼睛被雨水打得睜不開，他依然可以透過靈識感受強烈殺意。

以及巨大的，宛如雨後霉生的綠皮紅眼怪物。那怪物如傳聞中狡猾強悍，張紀昂的部隊中了誘敵深入的計謀，被成千上萬狂屍突襲，殺得潰不成軍。

此時他感應到生命將盡。

挾帶惡念的氣息步步逼近，一寸寸收割性命。

張紀昂放棄掙扎，用最後一股靈力保住丹心，以求後來收屍人辨認，至少遺體還能送至故土落葉歸根。

昏暗之中一道白光乍然而逝。他忖自己已到彌留之際，恐怕黑白無常很快就要來接他。

黝黑的視線驟然降下一縷光芒，瞬間如同髮絲的光朝四方射出。

他聽見一個聲音響起，那是少女悅耳的唸詞。風雨聲忽止，四周靜得出奇，徐徐清風吹走濕冷的天氣，舒坦如某個春日午後。

當他張開眼，發現自己倒在一處視野昏濛的草地，這時白光再現，閃耀破開幽暗的天空。恍然間天上奏下弦音，樂聲美妙莊嚴，節奏安詳莊重。一位穿著白袍的高挑金髮少女緩緩走來，她白皙剔透，神情淡然，不露顏笑，一雙明眸散發說不出的祥和。

她如陰霾中的光，汙泥中的蓮，清雅而冰冷，任何俗氣都不能沾染一分。

金髮少女輕輕按著他的額頭，然後雙頰，接著下巴。

張紀昂看見金髮少女背後竟生出三對白潔羽翼，渾身包裹光芒，閃爍如極夜中的星河。

金髮少女將他擁入懷中，如同母親真摯充滿慈愛的懷抱，那柔和的禱詞如潺潺水流灌滿耳畔，注入清新的力量。

張紀昂忖少女是否為九重天上的天女。

可是張紀昂開不了口，只能靜靜躺在金髮少女懷裡，安樂的氛圍讓他忘卻戰場的殘酷，死亡的畏懼，如個無憂無慮望著蒼穹的少年。

金髮少女輕輕吹了一口氣，張紀昂感到睏了，儘管他想多看眼前美麗的少女一眼，沉重的眼皮還是遮住了那道美麗的臉龐，促使他沉沉睡去。

※

張紀昂猛然睜開眼，看見布製的營帳，立刻明白自己陽壽未盡。

起身卻發現腹部一陣疼痛，他想起與狂屍作戰時被劃傷肚子，因此他小心撐住身體，才勉強坐起來。

他第一個找尋的就是方才見到的金髮少女，急忙四處顧盼，果然看到不遠處有個穿白色長袍的背影。只是那背影明顯屬於男人。

穿白色長袍的男子察覺到動靜，前來探望張紀昂。那人黑髮藍眼，年紀約三十歲上下，面貌溫文，身材修長，看來極有修養。白袍前繡有金邊十字，頸子掛著一條魚造型的銀質項鍊。

「我以為你會睡得更久。」

張紀昂訝異那名男子對自己的語言說得非常流利。

「你別擔心，我是常勝軍指揮官，這裡是我的營帳。」男子以優雅的口吻自我介紹道。

「哈勒・戈登？」他吃驚地打量。

他當然聽過戈登少校的名字。

一切要從動盪古老封建帝國的戰爭說起。

十年前，一個叫做洪秀媜的妖人自命唯一真主之女，隨後各地出現大量刀槍不入、樣貌猙獰的狂屍，她建立號稱太平天國的新興國度，輾轉各地攻擊城市與鄉村，造成千萬百姓流離失所。因日久承平，戰力不濟的朝廷軍隊陷入連年苦戰，難以遏止太平天國攻勢。

閉關自守的帝國頂不住朝野聲浪，決定開放地方自起義兵。張紀昂所領的昂字營正是在這個背景下竄起。

除此朝廷又力排眾議，為廣求精兵，無數海外傭兵湧入帝國參戰，其中作戰最勇猛、所向披靡的便是由哈勒少校率領的常勝軍。

但張紀昂一直對外國傭兵沒有好感，認為這些人的到來無疑說明他們能力不足，可是此時張紀昂卻被潛意識裡的競爭對手常勝軍所救。

「沒錯，很高興你聽過我的名字。」哈勒替他斟了一杯水。「我們的部隊抵達這裡時，看見令人傷心的一幕，我為你死去的袍澤誠摯哀悼。」

「是的……其他人呢？」張紀昂急忙詢問夥伴的下落。

哈勒安撫他道：「實在很抱歉，我們只發現你一個生還者。」

「怎麼會……」但他立刻忖怎麼不會，他們只有五百人，狂屍卻有數千之眾。他只能憤恨地說：「要是我清醒點，別像個白癡深追，弟兄們就不會白死！」

「你的傷雖然好很多，但得多休養，請先別胡思亂想，讓我們為受折磨的靈魂祈禱。」

「不行，狂屍接著就打杭城，杭城是東南重鎮，我必須趕緊告知劉參將。」

「至於這點請放心，山苗已經被擒獲，正押往李總兵的大營。」

「什麼？」昂字營正是遭山苗設計擊潰，他直嚷著不可能，但哈勒沒必要說謊。張紀昂只能心有不甘的接受常勝軍替他報仇的事實。

哈勒看出他的浮躁，安慰道：「山苗的確不容易對付，事實上若沒有李總兵的援助，我們將會陷入苦戰。兩天前我們與李總兵的部隊合圍，才順利打敗山苗。」

「兩天……也就是說我昏迷了兩天？」

哈勒頷首，補充道：「發著難以置信的高燒，感謝唯一的真主，總算脫離險境。」

真主。張紀昂對這個詞彙相當敏感，因為太平天國的首領洪秀媜正是自稱真主之女。

「那麼杭城已經解圍了？」

「是的，李總兵已先行率部隊前往錫城，我們則需要整頓，過兩天才會與李將軍會合。」

張紀昂眉頭緊蹙，心裡嘀咕這次慘敗，他如何有顏面見李總兵。

但不跟著去錫城，他更不可能回鄉，他帶領的隊伍全是自幼相識的家鄉子弟，若自己孤身回去，又怎麼面對鄉親。

哈勒明白他的處境，提議道：「你的傷需要時間，不如先在這裡好好休養，再跟我們一起去錫城。山苗手下有三千狂屍，若不是你們消耗其戰力，我與李總兵也難制勝。」

哈勒把戰勝的關鍵功勞攬給張紀昂，無疑要他吃顆定心丸。再者有常勝軍的保證，李總兵也不會過於刁難他，畢竟山苗確實不好攻，過去不曉得有多少部隊栽在那個龐然綠妖手上。

張紀昂並不想跟外國傭兵一起行動，但哈勒已經把人情做得這麼足，他再婉拒便顯自己不厚道。再說他隻身一人也難有作為，先留在常勝軍療傷倒是折衷的好辦法。

上天既讓他苟活，他便發誓要手刃洪秀嬇，寬慰家鄉子弟的冤靈。

一番權衡後，他吃力的作揖道：「哈勒先生，您的恩情在下沒齒難忘，在此謝過了。」

「哈哈哈，大家都在同一艘船上，幫助戰友自然是應該的。不過嚴格來說，你的救命恩人不是我。」哈勒莞爾搖頭。

張紀昂沒有對「戰友」一詞產生反應，則是浮現那如幻夢的場景，那個有著三對羽翼的金髮少女。

「是有著三對翅膀的女人？」

「是的，她叫做奧莉嘉，是個美好而善良的少女。」

張紀昂疑惑道：「她有三對翅膀，難道是你從外洋帶來的精怪？」

「奧莉嘉是真主賜福之人，擁有熾天使的守護。這麼說你可能難以理解，但奧莉嘉本質上與我們並無不同。」

「總之那位姑娘有著不容小覷的能力就是了？」

「這樣解釋也不算錯。」哈勒笑道。

知道金髮少女是真正存在的人後，她的身影變得更加清晰真實，只是張紀昂難以想像容貌冰玉無瑕的金髮少女跟醜惡狂屍交手時的樣子。

「對了，還沒請教尊姓大名？」

「不敢，在下姓張，名紀昂，字孫起。」

「哦，我聽過你的名字，昂字營營官。」哈勒眉頭微揚。

「現在昂字營全沒了，在下還有什麼資格被稱為營官。」張紀昂傷心的自諷，他發現哈勒用悲憫的表情盯著他，趕緊斂起悲容，他可不想在外國傭兵面前漏氣。隨即轉換話題問：「不知道少校對狂屍了解多少？」

「這個稱呼太過拘謹，叫我哈勒就可以了。我也稱呼你為孫起？」

張紀昂深感訝異，一般洋人不諳帝國禮節，不知非親長不能直呼其名，可見戈登下過工夫研究。

得到張紀昂首肯後，哈勒說：「根據我們蒐集的資料，狂屍的前身似乎也是普通百姓，也許是受到洪秀媜的邪法灌入惡靈。但具體過程是什麼，我們並不清楚，你長年與太平天國作戰，也許知其一二？」

哈勒所言不假，那些刀槍不入的恐怖怪物原先的確是普通血肉之軀。

「根據去年霆字營擒獲的太平天國將領海童的口供，成為狂屍能夠長生不老，我們從幾千年前便有追求長生不老的傳統，這或許是洪秀媜用來蠱惑人心的依據。」

「長生不老？是指永生嗎？」哈勒不解地問。他所信仰的真主便宣揚信者永生，但哈勒進一步解釋道：「真主所說的永生乃指精神上的救贖，並非年壽永恆不墜。」

張紀昂說：「變成那種噁心的樣子，活上一萬年也不好受。」

張紀昂不解那些人為了長生竟甘願成為狂屍，也痛恨那些人為此私利而禍害無數人。

「因此我們認為解決禍首才是治根之法，否則狂屍永遠消除不盡。」

「嗯，只是洪秀媜行蹤不定，幾乎無人見過她的樣貌。」張紀昂將各地聽來的傳說勉強拼湊出洪秀媜的容貌，「聽說她有兩丈高，渾身臭氣，八對眼、十雙手，唾液可以腐蝕鋼鐵，吼聲如同雷鳴。」

「完全符合可怕怪物的定義。」哈勒語帶微慍：「此等怪物絕非真主之女，只能是異端惡魔。」

張紀昂雖非信仰真主，也認同戈登的說法，「罪大惡極的妖婦豈敢稱神！」

哈勒一臉認真地說：「因此請相信我們不是抱著玩笑的心態來到貴國，嚴格來說，我比你們還迫切想要解決汙衊真主之名的惡魔。」

張紀昂能感受哈勒對信仰的虔誠，但他不在乎真主，只想早日解決太平天國，讓人民重回安寧。

「對了，奧莉嘉姑娘——那位真主賜福的金髮少女人在哪，在下想當面答謝她。」

「奧莉嘉在為亡者祈禱，願他們煎熬的靈魂安息。」

張紀昂聽出端倪，哈勒用的詞語是「亡者」，而非「犧牲者」。

可以理解成奧莉嘉不只為戰死的昂字營、常勝軍祈禱，而是所有在戰場上經歷死亡的——包括張紀昂憎恨的狂屍。雖然狂屍身前也是普通百姓，但他們接受誘惑，拋棄人的軀殼，甚至禍害他人，此時張紀昂只能將其視為仇敵。

「那位姑娘在為誰祈禱？」他再次問。

「真主之前一切平等。」哈勒意味深長地說：「唯有真主能決定誰有罪，即使是魔鬼也能獲得寬恕。」

※

夕陽渲照平靜原野，若非濃厚不散的血氣與腐味，倒適合坐在此處靜賞晚霞。柔和歌聲縈繞耳畔，一股清爽和風拂來，彷彿夢境再現。不必猜想，張紀昂知道夢中的天使便在附近。

四處張望，果然在一棵枯樹下看見一頭金色長髮，只是少女未如夢中穿著白衣，而是襲著素雅的氅衣，沒有過多的紋飾反襯托出她玲瓏有緻的身段。也沒有那三對羽翼，就像一個平常人。

奧莉嘉佇立搖曳青草間，以陌生的語言唱唸經文，如詩如畫的風景。

張紀昂悄悄走到她身旁，奧莉嘉知道身旁有人，但仍心無旁騖唸誦，每一個音節彷如高妙作曲家精湛的手筆，即使聽不懂也能平靜地聆聽。

兩天前這裡狂風暴雨，殺聲震天，張紀昂的部隊和狂屍血戰廝殺。此時一派風輕雲淡，所有恐懼與顫慄似在奧莉嘉優美的禱聲中一筆勾消。

張紀昂從側邊打量她，從頭到尾仔細審視，以帶著鑑賞一種藝術品的眼光。奧莉嘉宛如巧匠精雕細琢，才能將那張臉龐雕砌無暇，並不單指長得漂亮的部分，那無暇的美很大一部分來自其安適而沉靜的氣質。

「在下特來感謝姑娘救命之恩。」

歌聲驀然停止，原野倏地靜默。

「躁動不安、充滿戾氣的靈魂無法獲得平靜。」

「經歷那些事情，的確難以平復。」張紀昂不訝異奧莉嘉如何洞悉他的心境。他確實深感躁亂，不只因為那場戰役的慘敗，還有奧莉嘉竟以優美的歌聲為狂屍祈禱。

「痛苦的靈魂已安然睡去，不必過於悲傷。」

這時張紀昂發現奧莉嘉根本沒在看她，而是在自言自語，又像有誰藉她之口說話。但這些話卻用熟悉的語言來說，彷彿就是說給張紀昂聽。

張紀昂乾脆自顧自地說：「黃土之上滿是冤靈，大業未成，縱然逝者也不得安寧。在下無法干涉姑娘的行為，不過狂屍為了長生而傷害無數無辜的百姓，實乃天理不容。」

張紀昂說出心中不悅，但還是極大限度壓抑情緒。不管怎麼說，奧莉嘉救他一條命，讓他還有機會報仇。

「今天應成為安息之日，無論活著或死去，都要在卸下慌亂心神，迎來靜謐安詳的流動。」

「姑娘救在下一命，在下自當犬馬以報，今後若姑娘有難，在下絕對捨身相救。」

「戰場無勝者，不分彼此都是被害人，唯一能做的便是引領受創之魂安息。」

道不同難以相謀。張紀昂不再多說，反正對方只要能幫忙打敗狂屍，理念不和也無關緊要。他們有他們信仰，張紀昂也有自己的路。

要說的話已說，恩情也謝了，張紀昂便不打擾她。

準備走回常勝軍大營時，他看見哈勒站在不遠處，似乎一直在觀察兩人。

哈勒告訴他這兩天常勝軍已經將戰場清理乾淨，昂字營弟兄的屍首也聚集一處，晚上就要火化，並打算讓張紀昂親自點火。

張紀昂很感激哈勒的安排，由他來送弟兄們最後一程最適合不過。

哈勒看得出剛才的對話讓張紀昂心有疙瘩，於是說：「奧莉嘉對每一位死者都充滿憐憫。」

「看得非常明白。」張紀昂諷道：「如果死的全是狂屍，在下也會義無反顧祈禱他們獲得安寧，以免來世繼續作亂。」

哈勒只是面露淺笑，不再牽扯張紀昂紊亂的心境。

入夜後張紀昂默默走到架成數堆小丘的屍首，凝望著一張張旁人已經無法分辨的臉龐，但張紀昂還是一一認出那些與他嘻笑、共同吃苦作戰的人們，他的腳邊散落一綹綹木頭兵牌，每一個兵牌都代表那些陪他出生入死，誓願掃蕩狂屍不復還的弟兄。

常勝軍圍成零落的圓圈，靜默地為死者哀悼。

忽然張紀昂聽見奧莉嘉的歌聲，但實際上奧莉嘉並不在這，這讓他想起自己還有最後一件事沒完成。他擰緊火把，踏著沉重步伐到小丘面前，是煙或是他說不上的東西燻紅了他的眼眶。

火燒，濃霧竄天。

而那動聽的歌聲亦隨晚風輕揚。

※

夜夢霏霏，夢回故地，張紀昂愕然發現自己身處寂靜的山谷。

「昂哥——」負責夜巡的年輕兵勇見到張紀昂領著兩個親兵巡視，連忙殷切喊叫道。

「誰准你亂喊的！」年紀較大的巡哨敲了犯諱者的後腦。「營官，這傢伙太沒大沒小了，請您莫要責怪。」

昂字營的兵勇是張紀昂家鄉的老兄弟，又跟在打仗身邊多年，大夥私底下都親暱稱呼他為「昂哥」。只是張紀昂治軍嚴明，公私必分，不希望讓別人覺得昂字營散漫無紀。

張紀昂先是板著臉，讓那名年輕的驚怕地道：「饒我一次吧，下次不敢了。」

「你這小子總愛搗蛋，在我面前就算了，別人面前得注意改口。」

「還是昂哥最好了，保證沒有下次。」

年長的又朝他腦門拍了一下，訓誡道：「打你都不長記性！把你老哥的面子都放在地上踩啦！」

「算了，弟兄們都累了，你們巡夜要看緊，今日雖打退山苗，還是得小心為上。」張繼昂莞爾道：「少打你弟的頭，要是打傻了，回鄉後怕是翠兒不要他哪。」

「就是嘛，還是昂哥——營官明白我。」年輕的笑說：「這一仗殺得山苗連頭都不敢回，我敢說那些怪物肯定躲在山溝發抖，昂哥——營官，我們為何不趁夜追殺？」

「今日一役確實頗有斬獲，不過劉參將的兵還沒到，我軍已孤軍深入太遠，我不能讓弟兄們再冒險。」

「兄弟們殺得正酣，說不定再衝殺一波，摘了山苗腦袋，到時看那幫躲在山崖上的懦夫還有誰敢在您背後閒話。」

「得了吧，他們是他們，昂字營只管做好自己。愛爭愛鬨隨他，我們只為剿滅屍賊，還百姓太平。」

「反正兄弟們一定幫您掙口氣，您說今天打得夠響徹吧，盛字營那幾些個懦夫平時囂張的很，現在只敢堵在上面連個屁也不敢放。」年輕的越說越過癮，直到張紀昂變了眼色才停口。

年長的把弟弟推到一旁，道：「營官，我看山苗也被打殘了，您也趁機會好好休息，這幾天也不見您休息片刻。」

「屍賊未滅，哪有休息的工夫。明日一早待弟兄們修整好，直取山苗腦袋。」

又與兩人閒話幾句，張紀昂領著親兵繼續巡守營寨。

山崖上點點星火顯示了友軍位置，張紀昂孤軍奮戰，深入山溝，他雖不信任友軍的戰鬥力，但他們立在兩側也算照應。張紀昂素來不喜歡那些營官們互相吹捧而不幹事，更是厭惡與人迎合，就算那些人背後非議也無所謂，他認為剿賊安民才是真正該做的事。

幫打是不指望了，畢竟追山苗本就是他堅持的。不過算算時辰，劉參將的兵明日也會駐入，皆時兩軍合流，山苗再橫也得留下腦袋。

轉眼一陣朦朧，張紀昂看見渾身通綠的山苗指揮狂屍突襲，他接獲探子迅報，立刻風風火火披戴甲冑，從兵器架上拿著斬馬刀衝出營帳。只見昂字營上下一片慌亂，狂屍衝破柵欄，殺破防線，火器彈藥紛飛。

風雨切斷各哨聯繫，張紀昂無法即時下達軍令，致使山苗將各哨逐步吞滅。張紀昂帶領親兵突圍，大殺狂屍，滂沱雨勢也刷不淨一身穢血，他怒與山苗對峙，使勁揮動斬馬刀，殺得身軀巍然的山苗忌憚不前。

後方彈藥庫卻轟然大響，爆出片片火光，爆炸擴及周圍，一陣濃煙襲捲張紀昂，一剎間山苗甩來巨爪，張紀昂推走親兵，後背重創，接著十來隻狂屍一擁而上，飢渴的啃食他的身軀。

張紀昂奮力驅走狂屍，自己也已是風中殘燭。

山苗放肆大笑，如利刃聲聲剜掉心頭肉，張紀昂卻動彈不得，眼睜睜見弟兄們慘死那綠妖怪腳下。

鼓令三通，沒有任何人來援。

他只能朝天怒吼——

「孫起，孫起？你沒事吧？」

張紀昂從渾身是血的噩夢中驚醒，覺得心裡被絞索緊緊揪痛，眼前出現的竟是奧莉嘉，她輕按住張紀昂的胸膛，試圖撫慰那份煩躁。

再仔細一瞧，眼前模糊的美麗臉蛋變成熟悉的和藹臉孔。哈勒端著茶杯觀察他的狀況，見他醒了，才放下心來。

張紀昂慢慢緩過神，掀開被冷汗浸濕的被子，迅速觀察四周，在場的只有哈勒一人。

哈勒將熱好的茶水遞給張紀昂，張紀昂接過，啜飲了一小口，熱氣放鬆僵硬的身體，腦子也漸漸恢復清晰。又張望了幾眼，確定自己是躺在哈勒的營帳。

「讓你見笑了。」

「夢見了狂屍？」哈勒把椅子拉到床前，見張紀昂頷首，便寬慰道：「日有所思，夜有所夢，別把自己逼得太緊。」

這番話張紀昂不是不知道，但弟兄們的屍首化灰，當日種種反而更加深刻，像是植入血液之中。只要一闔上眼，掙扎的人們就會浮現出來，夜裡輾轉難眠，即使入夢，也離不開全營遭殲的慘烈場景。

他確信唯有手刃洪秀媜，摧毀太平天國，弟兄們的靈魂才能真正得到安息。

「現在什麼時辰？」

哈勒取出懷錶，「早上八點鐘，換成你們的計時法應該是——」

「辰時。」張紀昂放下茶杯，拖著疲憊的身軀下床。「隊伍要開拔了吧？」

「你的燒雖然退了，但內傷非常嚴重，我可以派幾個人跟著你慢慢走。」

「在下恨不得早日上場禦敵。」

「雖然明白你的心情，但我還是希望你能按照醫生的囑咐好好休養，若勉強傷壞身體，反而會更加嚴重，要是不小心傷及性命，你怎麼去做想做的事情。」哈勒以現實情況分析利弊。

「說得很對，不過在下堅持要跟著你們行動，絕不拖人後腿。」

「好吧，跟著我們走倒無所謂，」哈勒看著張紀昂堅毅的眼神，「但看起來你想說的似乎不只這些。」

「在下希望你能答應一件事。」

「我想我的答案你不會喜歡，但要一個英勇的戰士安靜地坐在後方等待是不可能的。」哈勒笑道。

被噩夢纏身的同時，張紀昂也澈底思考過，要是現在回去見李總兵，即使不受懲處，恐怕再也無法上場作戰。他不怕受罰，只擔心不能上戰場，因此倒不如跟著常勝軍還有仗打，只要攬個大功勞，讓李總兵刮目相看，定能再領兵一雪前恥。

「請你讓在下隨軍作戰。」張紀昂單膝跪下，拜以軍禮。

為了報仇，他鐵了心要忍，即使得混在他素來視為對手的常勝軍。

哈勒趕緊扶他起來，但張紀昂堅持要等哈勒給予承諾才肯起身。

「我當然很歡迎你這樣的戰士加入，但請不要怪我的話說得太嚴重，孫起，你現在就如折斷的刀、生鏽的鐵，倉促讓你上陣，只是在拿你的生命開玩笑。」

「斷刀可煉，鏽鐵可除，唯獨殺敵之心難滅。」張紀昂以拳擊掌，堅定地看著哈勒。

哈勒在張紀昂眼中看見熊熊烈焰，他也有打算，便允諾道：「我可以答應你，但你既然要隨軍，就必須服從常勝軍指揮官的命令，行嗎？」

「在下受常勝軍襄助，絕無二話。」。」張紀昂喊道。

「那麼先接下你第一個任務，往錫城前我軍需要補給，前面恰好會經過一個城鎮，麻煩你替我們進行交涉。」

張紀昂自然一口答應，他早想出外走動，無論多小的事也好，只要不要像個廢人待在床上療傷。

※

這座城鎮曾遭狂屍攻破，形成一片荒蕪，後來久攻不下，兩年前張紀昂率軍反攻奪回，居民才逐漸回流。人對環境的適應力很快，不過兩年時間城鎮已經恢復人氣，幾乎看不出當初宛若鬼城的淒慘模樣。

人們忙碌的來往街上，小販扯著嗓子叫賣，婦人在商鋪前討價還價，一切都平凡和樂。看見大家都安居樂業，張紀昂心裡輕鬆不少，這表示沒有白費弟兄們當初浴血奮戰。

只是身旁的奧莉嘉卻與這份活力格格不入。

她的沉靜在人聲鼎沸的街道反成怪異的存在。

張紀昂忖常勝軍這麼多人，為何偏要派這個完全不適合人間煙火的真主賜福之人來當代表，她的美確實吸引眾人目光，但她的冷也讓眾人覺得不舒適。

這讓奧莉嘉更像個普通人。如哈勒所說，奧莉嘉與常人並無不同。

還有個嚴峻的問題，奧莉嘉似乎除了經文和禱文外，根本不說話，張紀昂必須問她常勝軍到底需要多少物資，但問了卻得不到回答。

張紀昂頭疼地看著奧莉嘉蕩漾靈性的眼眸，那眼睛超凡脫俗，空靈飄逸，哪會知道常勝軍需要多少米、多少菜。

「姑娘，其實在下一個人就把事情辦妥，不如妳先找個地方休息？」張紀昂打算按照他知道的人數做採買，也比讓一問三不知的奧莉嘉跟著好。

奧莉嘉沒反應，逕自走到一間米鋪。

老闆聽見客人上門，笑吟吟地出來迎接，見到個金髮藍眼珠，立刻傻愣著，支支吾吾半天開不了口。

張紀昂嘆了氣，說：「她會說我們的話。」

「兩位客人需要什麼？」老闆鬆了口氣，恢復笑臉問道。

「三十石米。」奧莉嘉說。
「嗄？兩位別開玩笑了，胃口再大也吃不完這麼多米。」
「四天份的米，三十石。」
張紀昂這才發現奧莉嘉可以好好說話，也了解常勝軍的實際狀況。
「老闆，要的東西準備好了沒？」此時鋪外有人喊道。
「來了。」老闆向張紀昂道歉，「兩位請稍等，我去去就來。」
張紀昂趁店裡沒人，質問道：「姑娘既然能說話，為何要裝聾作啞？」
「什麼意思？」
「這下總算聽懂了？在下一路上問需要多少資糧，姑娘卻一句話不回，到了米鋪倒是肯開口。」
「但你不是賣米的老闆。」奧莉嘉並不覺得自己哪裡有問題。
「什、什麼？那妳知道需要多少菜嗎？」見奧莉嘉沒有反應，張紀昂楞問：「因為我不是菜販，所以妳也不回答？」
「嗯。」
這下張紀昂總算摸清她奇怪的思路。
「姑娘，要是如此妳自己來，或我自己來不就成了，何必我們兩個乾瞪眼？」
「不知道。」奧莉嘉眨了眨眼，突然問：「如果回答你的問題，就可以買到米跟菜嗎？」

「這個……不能。」

奧莉嘉用一副「你看吧，所以我不浪費時間回答」的表情看著張紀昂。

彷彿眼前不是那個明眸清澈的容不下一粒塵埃的聖潔少女，而是一個普通的、天真無邪的女孩。

張紀昂頓時搞不清楚哪個才是奧莉嘉的面貌，忖昏睡時見到的天女或許只是幻影，此時這個思考方式奇特的女孩更符合人性。正如哈勒所說，即使是真主賜福之人，也與普通人無異。

「但你問我答是做人基本禮貌，不然別人如何知道妳心裡的想法？」

「可以感覺到。」

「算了。」張紀昂不跟她閒扯下去。再多說無法正常溝通。

他果然還是不喜歡這個替狂屍祈禱的少女。儘管很美，但充滿距離感的美就成了壓迫。

過了一會，老闆總算回來，打破沉悶的氣氛。

張紀昂向老闆解釋道：「那三十石米並非我們兩個要吃。」

「客人，實在不好意思，小店沒這麼多米賣給散客。這裡離太平天國近，各路人馬來到都要補給，所以上頭規定，除非供應軍隊，否則單賣不能超過三石米。」老闆無可奈何地說。

「這可不成，還不到十分之一。再說了，我們也是正經八百的軍隊。」

「不曉得哪路人馬？」

「昂——」張紀昂趕緊改口道：「常勝軍，戈登少校領導的。」

「哦，聽說過，可是實在對不住，您得有李總兵或曾總督開的糧票，否則敝店實在無法供給這麼多米。」

「不能行個方便嗎？一個子兒不少，不然再多加些給你。」張紀昂只好下重本。

「看你也是自己人，說句實在的吧，常勝軍再厲害，沒有李總兵的臉色哪吃的了飯。」老闆仍然不領情。

張紀昂本以為像常勝軍這麼大的名頭，能得到特別關照，但他思索了一會，百姓雖對外國傭兵的戰力感到佩服，私底下仍是用「非我族類」的態度。莫說百姓，就是張紀昂自己也是這麼想。

因此羅不到米也怪不了誰。

「三十石米，分四天吃。」奧莉嘉雙手按住櫃台，盯著老闆說。

「不管你們分幾天吃，不能賣就是不能賣啊。」

「這裡是米店嗎？」奧莉嘉問。

「當然是，門口不是掛著旗嘛。」

「米店為什麼沒有賣米？」

「這位姑娘，我說了必須有糧票——」

「老闆謝了，我們再去別的地方問吧。」張紀昂急忙打斷老闆的話，要是跟奧莉嘉糾纏下去，老闆可能會氣急攻心。

「客人，別白跑一趟了，沒有糧票是買不到這麼多米的。」

張紀昂沉下臉，抱胸思考還有什麼地方能弄到米。以前昂字營聲名赫赫，連糧票都不用出示，走到哪都有百姓贈米，何曾需要煩惱吃飯。

奧莉嘉眼見買不到米，精巧的臉蛋泛起一絲哀愁，張紀昂訝異她居然能露出如此平常的表情。

奧莉嘉的愁容讓人不忍，老闆便指了一條明路，「但也不是全然沒有方法，上頭只說我們米行不能賣，要是你去村裡的糧倉買就沒這規矩了。」

張紀昂喜出望外，連聲謝過老闆。

「別謝，別謝，畢竟是自己人，再說我也不忍心讓小姑娘空手而回。」

「多謝。」張紀昂再次謝過老闆，帶著奧莉嘉出來。

第二章　永生沫影

若要說奧莉嘉令張紀昂最滿意的一點，就是她的騎術不錯，不需要拖拉老半天，因此兩人行動迅捷，不到半個時辰就來到綠油油一片的村莊。這兒比城鎮多了份愜意，似乎外頭的紛擾與他們毫無關係。

一個洋人走在帝國的城市相當引人注意，走在鄉村簡直成了萬眾矚目的焦點，特別是奧莉嘉出水芙蓉的外貌，宛如磁鐵吸取每一道目光。

張紀昂忖要是奧莉嘉有著更符合帝國的樣貌，以她的氣質肯定會讓人以為天女下凡，皆時村人就不是投以驚奇的眼光，而是全部伏在路兩旁接駕。

張紀昂示意加快速度，趕緊走過農地，直接到村長老家中商討買糧事宜。

好不容易離開稻田，躲開一雙雙睜大的眼睛，雖然那些眼神都是在打量奧莉，但張紀昂可不喜歡這種感覺。

忽然一顆小石頭砸中奧莉嘉的坐騎，小黑馬嘶鳴一聲，揚起前蹄。張紀昂踢著馬側，趕到她身旁幫忙拉住轡繩，卻沒想到小黑馬不聽擺布，差點沒把奧莉嘉甩下來。

奧莉嘉不慌不忙，伏在馬背上輕輕拍著小黑馬的脖頸，很快小黑馬安定下來。方鬆下心，又憑空出現一顆石頭，這次穩穩打在奧莉嘉身上。

石頭再朝奧莉嘉飛來，張紀昂踏著馬鐙飛起，接住那顆石頭，往草叢裡扔。咚得一聲，幾個小孩慌忙從足有半個成人高的草裡跑出來。

張紀昂攔住他們，板著臉問道：「為什麼亂扔石頭？」

其中年紀較大的男孩低著頭說：「我阿娘說最近村子附近出現狂屍，我們看到有個藍眼睛、金頭髮的，以為是狂屍……」

「你們以為這些小石頭能砸死狂屍？」張紀昂覺得好笑，便說：「仔細瞧，雖然是藍眼金髮，但她只是個洋人。」

「阿娘說狂屍就是信了洋人的神才會變成這樣，都是他們害的。」大男孩瞄了奧莉嘉一眼，又急忙收回視線。

「這樣啊……」這不是張紀昂頭一次聽到這個說法，因為洪秀媜打著唯一真主之女的旗號，以至於許多人認為狂屍與真主有關聯。

哈勒提到這點時情緒也很高昂，衷心期盼盡快解決太平天國，好讓帝國人民不致繼續錯誤理解。

「總之她不是狂屍，而是來幫忙打狂屍的傭兵。」

張紀昂越解釋，小孩們反而更不懂，他們聽說的外國傭兵印象都是人高馬大、孔武有力，很難聯想到纖弱美麗的奧莉嘉身上。

奧莉嘉下馬，蹲在大男孩跟前，水汪汪的藍眼珠凝望著他問：「扔石頭好玩嗎？」

奧莉嘉的問句毫無諷刺或挖苦，只是如一個率真的孩子詢問這麼做有不有趣。大男孩被奧莉嘉看得臉頰泛紅，一雙眼睛不曉得往哪擺。

「哥，這麼漂亮的人不像是狂屍啊，狂屍都長得很可怕。」一旁的小孩說。

大男孩也發覺自己錯了，但一時拉不下臉道歉。

只見奧莉嘉摸摸他的頭，說：「如果是真的能發自內心開心的事，做了也沒關係。」

「他們可不是因為開心才丟妳石頭啊……」

奧莉嘉俯身撿起一顆石頭，朝著河邊扔出去，石頭撲通一聲沉到河底。

「有趣嗎？」她問。

一個小孩子也拾著扁平的石頭往河裡扔，石頭蜻蜓點水跳了幾步才入河。

奧莉嘉再撿了一個，卻沒彈起來。

一個人開頭後，小孩子們爭先恐後從草地撿石頭，看誰能跳最多下，一下子抹掉嚴肅的氛圍。

大男孩戰戰兢兢地向奧莉嘉道歉：「對不起，我不該亂扔。」

奧莉嘉溫柔地輕撫他的額頭說：「這不是很好玩嗎。」

「看來沒有在下出手的必要。走吧，還得趕著去找村長老。」

「嗯。」奧莉嘉對他們綻露一抹微笑，雖然僅僅一瞬，笑靨裡蘊藏萬丈光輝。

兩人騎馬離去，張紀昂喚道：「喂──」

「我叫奧莉嘉．巴甫洛維奇。」

張紀昂愣了愣，說：「姑娘，妳方才的話對小孩說不成問題，但千萬別對其他人亂講。」

「什麼？」奧莉嘉不解地問。

「『如果是發自內心開心的事』這句話豈不是說只要讓人開心，要妳做什麼都可以。」

奧莉嘉搖搖頭，並不明白張紀昂想表達的意思。

「唉，漂亮姑娘要懂得保護自己。」

「你會對我做必須讓我保護自己的事嗎？」

「在下不是這個意思……」本來想勸誡奧莉嘉，反倒變成自己不好意思了。

他跟奧莉嘉之間彷彿有條深得不可見底的鴻溝。

不過張紀昂很在意剛才那些孩子說的話。兩年前的戰役後，這附近的狂屍已被剷除殆盡，全退到錫城去。附近被好幾股軍隊堵著，基本上不可能見到狂屍蹤影。

這時他發現方才的孩子們追著馬跑來，張紀昂擋著奧莉嘉，轉回去問：「有什麼事嗎？」

那些孩子靜悄悄不說話，烏溜溜的眼眸直盯著奧莉嘉。

張紀昂加上聲量，唯恐這些小孩聽不見，但他們不理會就是不理會。直到奧莉嘉也慢慢騎過來，為首的大男孩才諾諾道：「長老家要往另一個方向，我替你們帶路吧。」

張紀昂皺眉瞪著大男孩，分明是他先問的，這些小鬼居然只告訴奧莉嘉，情勢整個倒轉，彷彿他才是人人畏懼的狂屍。

他忖自己散發的氣息太兇了，畢竟長期與狂屍作戰沾了太多殺氣，這些小鬼頭會害怕也是理所當然。

於是接下來的任務就轉交給奧莉嘉，孩子們一個個興高彩烈地想替她牽馬，最後說定一個人牽一段路，他們不停問奧莉嘉問題，喜不喜歡吃帝國的食物，奧莉嘉則一一回答。

反倒張紀昂晾在一旁像個局外人，形色落寞地牽著馬跟在後頭走，暗忖小鬼們是不是奧莉嘉變出來氣他的。

也因此聽到關於奧莉嘉的事情。

「我來自一整年都很寒冷的北方國度，那裡很少像這裡有真主垂愛的肥沃田野。」

北方國度與哈勒在大洋彼端的故鄉不同，它鄰近帝國，時常在邊界爆發戰爭。

但更多的訊息淹沒在小孩子嘰嘰喳喳的聲音，其實他們根本不在意答案，只是喜歡圍繞在奧莉嘉身旁。

沒多久兩人便到村裡最大的屋舍，裡頭的人遠遠看到藍眼金髮的奧莉嘉，臉上紛紛顯露懼色，這時換張紀昂派上用場，他先上前做了揖，娓娓說明事情緣由。

「我還以為狂屍挾著孩子呢，不過這倒也是，哪有美得像神仙的狂屍。」村長老虛驚一場後，也審視起奧莉嘉的美貌。「真的是天仙下凡，大佛保佑。」

「常勝軍將要開往錫城，需要三十石米糧，只是城裡有不見糧票不做大宗買賣的規矩，所以特來和長老交談。」

「哦，這個時節也難怪，軍爺徵糧越來越頻繁，要是不趕緊滅了太平天國，莫說三石，恐怕以後散買一石米都難。」長老嘆道。

「這個自然。」

「也不是每支部隊都這麼厲害，你們常勝軍聽沒聽過昂字營，那昂字營可是驍勇善戰出了名，連我們這塊地都仰他們奪回來的。」話鋒一轉，長老無限感慨道：「可惜幾天前昂字營被山苗突襲，聽說死了一個不留，那麼好的部隊怎麼沒留下，像盛字營的軍爺就……罷了，肯出頭的總是落得唏噓。」

見長老款款悼念昂字營，張紀昂也忍不住浮現哀容，他抱拳道：「昂字營弟兄若有知，捨身取義也算值得了。」

「是了，是了。」

張紀昂不禁想起當日他執意要追擊山苗，其他營官卻不願追隨，若那時候有援軍，縱使遭到奇襲，也不致如此慘敗。想到這兒，張紀昂悲憤道：「要不是那些貪生怕死之徒，昂字營豈會這般下場！」

「大人雖是常勝軍，但到底是自己人，軍爺的好話可說，壞話可不能多談。」長老趕緊勸道。

「在下明白。」張紀昂也急忙收起情緒。

「米糧之事無須擔憂，只是你二人二馬，馱不了這麼大的糧。」

「有了長老首肯，在下立刻回營覆命，帶人取糧。」張紀昂掏出一枚金幣，「此乃訂金，待取糧後再付尾款。」

「這個……」長老不安地收下，看了看張紀昂真摯的神情，欣然道：「好，我馬上讓人準備好三十石，另外備上菜果，免得你們多跑一趟。」

「長老有心，在下感激不盡。」

張紀昂趁機打聽狂屍的事情，但長老卻搖頭道：「這裡收復後就鮮有狂屍蹤影，恐怕是有心人造謠，小孩子聽了鬧著玩，大人莫要憂心。」

「想來也是。」張紀昂笑道。

長老又留兩人吃午飯，雖然張紀昂想趕快回去，但小孩們捨不得奧莉嘉走，非要纏著讓她多留。張紀昂可不敢讓奧莉嘉獨自待著，便說吃完飯必須盡速離開。

村裡存糧豐富，米菜魚豬皆有，比常勝軍吃得還豐盛。

奧莉嘉默默地盯著飯菜，雙手交合放在鼻尖，輕輕唱唸禱詞。鬧騰的村人瞬間安靜，都等著奧莉嘉。

等她低頭吟唸時彷彿空氣都凝結了，等她抬頭，村人才恢復生氣，動起筷子。

張紀昂昨日未曾多吃，見到豐盛菜餚，不禁食指大動，連扒好幾碗飯。

大男孩吃到一半忽然不見蹤影，再回來時小心翼翼捧著一個發光的東西，害臊地遞給奧莉嘉。

張紀昂湊過去一看，居然是面玻璃鏡，沒想到小小村莊也有這麼稀罕的物品。鏡子不大，正好能捧在掌心。

奧莉嘉莞爾收下，大男孩連羞紅了臉。

「真是人小鬼大。」但張紀昂承認奧莉嘉很有魅力，跟孩子更是沒有隔閡。

大男孩送完鏡子，其他小孩也放下筷子，紛紛送上禮物。

「這些小鬼頭一次對洋人這麼親切。」長老笑說。

這些禮物被張紀昂收到袋子，綁在韁繩上，用完午飯，兩人也要抓緊時間出發，必須在天黑前把物資全運回去。

「是個好人，真是糾結啊。」長老嘆著氣，對身旁的人說。

張紀昂看向長老，長老立刻別開臉，對孩子們道：「大人要回去了，都回來，不可以妨礙他們。」

孩子們只能依依不捨地望著奧莉嘉，奧莉嘉在馬上揮揮手，要他們趕緊別跟了。

張紀昂策馬加速，兩人一溜煙遠離村人的視線。

「妳很受小孩子的歡迎，會被孩子喜歡的都是好人。」

「所以你是壞人嗎？」

「哼，讓孩子喜歡可不是在下的任務。算了，跟妳說話自討苦吃。」明知道奧莉嘉只是單純表達意思，但張紀昂聽著就覺得諷刺。

※

回頭騎了一段路，兩人將出村界，張紀昂猛然拉住轠繩，凝重地看著四周。馬兒似也感到不尋常的氣息，對空嘶鳴，慌張地揚蹄亂揮。

張紀昂連忙安撫坐騎，另一方面奧莉嘉的小黑馬有著更強感應，任憑奧莉嘉撫慰也控制不住。張紀昂一手拉將轠繩，一手按住佩刀，這種惡氣絕非普通人散發。

那些小孩說得沒錯，村子附近的確潛入狂屍。

他多年縱橫沙場，對狂屍氣息格外敏感，透過靈識足以分辨敵方數量、強弱，以及是否懷有強烈殺意。但靈識僅是比一般人擁有更強的對外感應，要是狂屍故意匿住部分氣息，也可能造成混淆。

赤裸裸的殺意紛沓襲來，毫不掩飾來者的強大，如此強勁氣勢最少是太平天國部將級別。但張紀昂抱持懷疑，畢竟從錫城到這個村落的範圍有多股軍隊盤據，一有動靜立刻圍剿，若說漏網幾隻狂屍倒有可能，可這股氣儼然是一支正規狂屍軍團。

若靈識無誤，就表示遇上大麻煩了。

張紀昂沒想到只是出來羅米，居然也能身處險境。

「到在下後邊躲著！」張紀昂不能讓奧莉嘉裸露危險之中，他怒眼瞪著草叢，抽刀出鞘。

張紀昂的隨身武器全由著名鐵匠以天鐵打造，再經開光誦咒四十九日方成，每一件兵器皆附有血誓，普通刀槍難傷狂屍，但他的兵器卻可輕易斬開狂屍皮骨。

要使用這些兵器並非易事，除了重量沉，還需異常強健的身體才能運行，否則平常人揮了幾下，不是累死就是反噬而亡。

以張紀昂尚未完全復原的身體要持著天鐵大刀已經相當吃力，若單獨遇上一大綹狂屍，逃出生天的機率微乎其微。

但他自有如意算盤，至少掩殺一陣，護著奧莉嘉逃出去。

草叢裡窸窸窣窣，挑動張紀昂的神經，十來隻壯碩的狂屍形成半弧形靠近他們，亮晃晃的鋒利爪子壓倒草尖。

單憑這些狂屍不可能有如斯強烈的氣息，張紀昂戒備地看著密密的草叢堆，判斷他們只不過是先鋒。

日光明媚，微風和煦，狂屍的壓迫感卻滲骨發寒。

「奧莉嘉，看準時機快溜，這裡由在下擋著。」

話語未落，狂屍忽然狂奔，三隻一組朝四個面向同時進攻，張紀昂踏著馬蹬躍起，吒一聲出刀，精湛俐落的斬下第一組狂屍，但回刀速度太慢，兩旁狂屍立刻伸出利爪在他身上劃出血痕。

張紀昂的身體跟不上腦子反應，火燒般的炙痛傳遍體內，他忍痛轉身，踩在一個狂屍肩上，狠狠一刀劈開頭蓋骨，混濁腦漿迸發，帶來陣陣腥臭。

狂屍發著嘶叫，張紀昂把沒了頭骨的狂屍當作盾牌，使勁撞向另一個揮爪攻來的狂屍，趁勢順力將其劈成兩截。此時張紀昂背後漏了空，若是身體無礙，當能倏地格擋，問題是舊傷新傷加速消耗體力，加之催動天鐵大刀耗去過多力量，背部毫無防禦遭擊，隨即吐出一大口黑血。

張紀昂忖自己跟狂屍纏鬥，奧莉嘉應已走遠，回頭一瞥卻看見她若無事人在小黑馬上，依然眨著皎潔無暇的秀目，彷彿在一處幽景踏青。

狂屍也不管奧莉嘉，殺氣騰騰死咬著張紀昂，眼看屈居下風，張紀昂身上無不是傷口。傷跟天鐵大刀皆耗去精力，很快張紀昂已氣喘吁吁，那些狂屍輪流進犯，只消耗光他的體力，再一舉收割。

張紀昂不懂奧莉嘉為何不逃，只是靜靜待在那裡。

「跑啊——」他吃力地說，但聲音已經傳不到奧莉嘉耳邊。

他以刀拄著身體，看著自己鮮血汩汩流出，意識越發模糊，腦海出現被山苗奇襲那日，他也是如此傷痕累累。

恍然，他看見柔弱的奧莉嘉被狂屍逮住，毫無波瀾的眼眸出現懼色，金髮遭血染紅，向著倒地不起的他發出求救。

那一幕與昂字營弟兄倒在血泊中的景象重合，那時他無能為力，只能看著弟兄們被狂屍殺戮殆盡。哀號貫穿他的耳，噬得他痛心疾首。

張紀昂插刀於地，眼如烈焰，似乎把最後一股氣都凝在眼中，他大喊道：「我們來賭一把，看是上天恩憫於我，還是陰曹非收我不可！」

靈識破除，散成無數氣絲，精氣感應神靈，上聽九重無盡之天。

狂屍惶恐了，出於本能的害怕。

張紀昂重新拔起天鐵大刀，這一刻眼神全然不同，彷彿有個難以估量的存在支配著這個殘敗身軀。

張紀昂疾勁橫掃一刀，音未落刀先至，肉眼未及。

狂屍一聲不吭，逐一倒地。

「別再動了，我只能用一刀……」張紀昂接著渾身癱軟倒下。

這時奧莉嘉如大夢初醒，終於參與進這場戰鬥，她下馬走至張紀昂身旁。

「你太逞強了。」

「在下不是讓妳走嗎？」

「不行，你的處境太危險。」奧莉嘉不起波濤的臉一點也沒有擔憂的樣子。

「既然如此，為何不幫在下？」

「你沒有說。」

張紀昂噗笑一聲。

「在下動不了，麻煩扶在下上馬，趕快回去告訴戈登少校。」

奧莉嘉扶起他，走到小黑馬旁，突然草叢又傳來騷動。

「看來先找個地方躲著再做打算……」

奧莉嘉毫不費力就把張紀昂推到小黑馬上，接著吹著口哨喚來他的坐騎，熟練的帶著兩匹馬一個傷者往小徑中馳去。

張紀昂看著奧莉嘉的表現，覺得自己真不該逞強，他忘了奧莉嘉可不是普通的少女，而是救過他一命的真主賜福之人。

※

奧莉嘉的方向感明顯不好，雖然已經指向大營的位置，還是跑入了陌生的林地。張紀昂看著坐騎離大營越來越遠，想指正也沒餘力。

解開靈識請下神將的招式要消耗相當大量的精氣神，張紀昂以重傷的身體強行招喚，方才不過用了一刀，便已耗盡精力，再無一絲力氣可用。

要是沒有一刀結果狂屍，接下來只能任人擺布。

他像一卷絨布披掛在小黑馬上，疲倦地瞧著四周。奧莉嘉不知怎麼走的，竟然走過一片森林，來到山腰，明顯和常勝軍大營是不同方向。

太陽角度劇變，至少過了兩個多時辰，燠熱的天氣漸漸轉涼，再兜圈子恐怕得露宿山中。算一算已離開大營四個時辰，哈勒沒見到兩人，定會心生擔憂。

奧莉嘉忽然勒馬停下，差點沒讓張紀昂摔下馬，只見她碎走幾步，說：「有棟房子，在這裡休息一下。」

現在哪有時間休憩？張紀昂雖這麼想，但確實累得發軟，接著胡亂走也不是辦法。奧莉嘉說的房子是幾棟荒廢已久的破屋，門窗搖搖欲墜，似乎風再大一些就會垮。

奧莉嘉插住張紀昂脅下，拖到幽暗的屋子裡，屋內滿是灰塵，惹得兩人不停打噴嚏。於是奧莉嘉先將人放好，在廚房找到幾乎枯黑的竹掃帚進行簡單清掃。

張紀昂還忖真主賜福之人在教內地位崇高，應該是十指不沾陽春水，清潔環境卻不生疏，不一會骯髒的破屋也整理的有模有樣。

張紀昂反倒覺得自己無用，面對區區十來個狂屍居然落得如此狼狽，有愧昂字營赫赫名聲。但昂字營已經不在，那些名聲都是虛的，再響徹又有何用。

先前村莊孩子們送的禮正好派上用場，吃得暫且不用擔心，過一夜還能勉強填飽肚子。原本還把奧莉嘉當成嬌弱的小姑娘，想不到派上最大用場的反是她。

奧莉嘉用麻布裹著幾塊乾餅，送到張紀昂面前，張紀昂休息了一陣，自己吃點東西還是可以。要是連吃飯都要人喂，無疑讓他顏面掃地。

「姑娘，騎了大半天，妳也吃點。」

奧莉嘉沒理他，撿了一堆乾木頭到廚房，似要生火做飯。

「妳不是真打算在此留宿？」

奧莉嘉探出頭說：「休息一下比較好。」

「在下不能讓戈登少校擔心。」

「可是你的問題比較嚴重。」奧莉嘉說完，又進去廚房忙。

張紀昂忖這麼做也對，拖著他確實難走，而且若讓奧莉嘉尋路，指不定會迷失到難以想像得的地方，倒不如等情況好些再上路。

破屋除了沙沙風吹，便只有廚房裡從容的腳步聲，明明身處危機，氛圍卻格外閒適。建立昂字營至今八載，張紀昂無時無刻都活在與狂屍對峙的壓力，戰情危急時數個晝夜不睡也是常事。未破太平天國，縱是錦衣玉食也無法讓他舒展愁眉。

此時有著說不上的安然，或是精疲力盡後的副作用，或是那個純真的少女化解了凝滯的氣氛。

太久沒有好好休息，但他肩頭上還扛著數百名弟兄的冤仇。

張紀昂已經無力抵抗睡意，儘管他腦中仍忖狂屍會不會追來，那道仰人鼻息的氣魄究竟從何而來，由誰發出。腦裡遊走一個又一個問題，每個問題都得不解答，彷彿腦內也住了奧莉嘉。

當他從舒適的夢鄉醒來，空氣裡縈繞飯菜香。他伸著懶腰，許久沒體會過的好覺讓身體恢復良好，填飽肚子攢足力氣後要騎馬回去已不成問題。

奧莉嘉坐在他對面，似乎一直沒有變動過姿勢，就這麼等他起來。

溶溶夕日漫入破屋內，照著奧莉嘉清純無邪的臉龐，霎時張紀昂宛若看見她背上展開三對羽翼，柔風般輕輕拂動。

「可以吃飯了。」

奧莉嘉的聲音讓張紀昂回神，再看背上空無一物。

「妳遠比在下想的還厲害。」張紀昂稱讚道。

「嗯。」等奧莉嘉低頭禱告完，她看著那兩盤菜說：「不好吃，不過可以吃飽。」

張紀昂沒想到奧莉嘉也會玩推讓這一套，他笑著夾起一口菜配飯，嚼了幾下，滿滿澀味擴散嘴中，米飯半生不熟。張紀昂還是吞下肚，忖這是奧莉嘉辛苦煮的，絕不能做出失禮的事。

奧莉嘉果然是奧莉嘉，沒有一點謊。

見著奧莉嘉毫無怨言的扒飯，張紀昂挺懷疑她的味覺是否正常，難道是真主賜福之人也要艱苦修道，所以不管味道好壞都要吃下去。

「不可以浪費真主賜的食物。」

「當然，在下可不是嬌生慣養的人，打仗時沒飯吃，啃樹根也不成問題。」這還不算張紀昂吃過最差的飯菜。

「那稻草呢？」奧莉嘉看著地上的髒兮兮的草梗，似乎打算下次煮給張紀昂吃。

「在下只是想表達會珍惜吃的東西……怪了，為何我們老是溝通不良。妳到底幾歲？」

「十五。」

「難道差十一個年頭就有如此深的隔閡？不對，可能妳是洋人吧。」張紀昂只能如此解釋。

奧莉嘉吃完飯，走到小黑馬身旁取水袋。

「麻煩妳幫在下裝一些。」

但奧莉嘉並不是要喝水，她倒出一點到掌中，然後面著夕霞，在唇上沾了一滴，喃喃唱唸優美莊重的節奏。

在那棵枯下見到奧莉嘉時，她也是唱著同樣的文字，為死去的人安魂。她將掌心的水灑落於地，從後面的角度看來，彷彿是她哀悼的淚珠。

張紀昂忖今日又沒人死，怎麼突然又做著祈禱——

張紀昂想到方才差點取他性命的狂屍，他不自覺緊皺眉頭，原本味道就不怎麼好的飯菜驀然更索然無味。

每聽奧莉嘉為狂屍祈禱一次，張紀昂就會想起犧牲的弟兄。

待奧莉嘉完成安魂祈禱，看見張紀昂悶悶不樂，便問：「果然難以下嚥嗎？」

「要說難以下嚥，恐怕沒有一件事比得過替視若仇敵的怪物祈禱。」

「看見靈魂飽受地獄般的折磨無法解脫，看見人負罪累累卻逃避懺悔，聽見煎熬的心受困黑暗囹圄，看見笑容永遠消去於本該喜樂的臉龐。」

奧莉嘉以直白無瑕的語氣回答，讓張紀昂心裡添火，正因她無心無意，話語的穿透力才會更強。

「在下把話挑明吧，在下不明白姑娘為何一而再替這些可憎可恨的狂屍安魂？」

「沒有一而再，一直都是。」

「換個方式說，姑娘不覺得狂屍作惡多端，死不足惜！」張紀昂把內心想法挑明，他並非毫無悲憫心，而是認為狂屍本為一己之私，既然如此就怪不得因緣果報。

奧莉嘉頓了一下，問：「因為他們殺了很多人？」

「都是無辜的人！」

「真主所造生命都是一樣，沒有貴賤，不分高低。」

「妳——」這豈不是指殺了狂屍跟狂屍殺害無辜百姓都是同樣的，張紀昂用手心打著額頭，問：「若今日是在下被狂屍殺了，妳當如何？」

「為你祈禱，願你靈魂安息。」

「難道妳把在下當成狂屍？」張紀昂詫異道。

「靈魂沒有分別，唯有真主可以審判對錯。」

「跟妳說話真的會減壽啊……」

「變成狂屍就可以長生。」

「哈哈哈，明明是個小姑娘，卻老說不過妳。」有時張紀昂狐疑奧莉嘉是不是故意整他。

「說到底那是你們的信仰，在下不便干涉，不過在下很喜歡妳說的：『人無貴賤、無分高低』。

只是人生於世，豈無三六九等……罷了，俗人之事妳還是別聽的好。」

「那句話是真主派下的彌賽亞說的，不是我。」

「哦，彌賽亞這個人挺不簡單。」張紀昂讚道。

「彌賽亞不是人。」

「那是誰？」

「真主派下的彌賽亞。」

「夠了，停止這個話題。」

張紀昂吃光剩下的飯菜，並思忖以後不再跟奧莉嘉爭論替不替狂屍祈禱的問題，這種論不出結果的事只是徒傷和氣。再者奧莉嘉的立意是良善的，張紀昂也不想否定她的善良。

吃飽飯後，氣力恢復不少，張紀昂走到破屋外探查，方才還灑滿蒼穹的霞光轉眼變成一條細長的緋紅綢緞。

以正常騎馬的時間計算，至少離村莊七十里，但小黑馬不若軍馬耐力強健，加上馱了兩個人，中間奧莉嘉還數次停下找路，因此張紀昂判斷他們不會超過四十里。

若手邊有地圖，張紀昂很快就能算出大約位置，找到回去的路。

天色漸晚，不久將要蓋上黑夜，倘要強行突破陌生山林，恐怕會遭遇難測的危險。再說狂屍的危機尚未解除，貿然下山並非良策。

「希望那伙狂屍不要襲擊村裡跟城裡才好，附近只剩常勝軍駐紮，狂屍要是發動突襲……」

這正是張紀昂最擔憂的部分，手無寸鐵的百姓碰上狂屍絕不會有好下場。

「有聲音。」奧莉嘉盯著外頭說。

夕日冉冉沉落，夜色迅速替補，也抹去安寧。

張紀昂從馬背卸下刀套，隨時應戰。

樹影中走出一人，嚴格來說不能用「人」來稱呼。來者皮膚蠟黃斑駁，面部剝落了大半，體型雖高大，卻瘦如細枝椏。兩雙眼睛恙恙無神，完全發揮不出這張面容該有的可怖。

他駝背緩緩走來，地上流過一灘黑紅血水，可以想見方經歷一場嚴苛的戰鬥。

張紀昂認得那個怪物。

坤護，太平天國驍將，曾隻身夜襲官衙，殺掉巡撫以下大小官員三百七十八人。此外單獨闖入營地，殺得全營人頭滾滾，一夜間三里營地竟無活人。

當狡詐的山苗與嗜殺的坤護同時出現，各軍皆為之震顫。

張紀昂與其數次交手，卻都不甚被溜走，這次正好送上門來。欲趁機出手，奧莉嘉卻阻擋道：「他需要治療。」

「等在下殺了他，隨妳怎麼祈禱安魂都行。」

「真主說不可濫殺。」

「嗄？姑娘，你不曉得坤護殺過多少人——」

但在奧莉嘉眼裡，坤護此刻只是需要幫助的可憐生命。

「小心養虎為患。」

「那要先養好。」

「真是說不聽。」張紀昂拗不過她，便問：「妳不怕他引來更多狂屍伺機奇襲？」

「真主會給予公裁。」奧莉嘉虔誠無畏地說。

坤護見到奧莉嘉走近，忽然發出嘶鳴，揮動尖如劍刃、血跡斑斑的蹼手驅趕她，並以詭異地聲線喊道：「天后賜我永生，我命壽與天齊，稍待片刻便能殺你們片甲不留！」

張紀昂看的出坤護虛張聲勢，別說片刻，那麼嚴重的傷即使等上一天都不見得會好轉。

「好啊，本將就完成你的心願！」張紀昂大喊道。

「不可以過來。」奧莉嘉說。

奧莉嘉毫無畏懼接近，坤護想抗拒卻掙脫不了，只能任奧莉嘉用一條布細心揩掉傷口上的髒汙。

「不要害怕，沒人會傷害你。」奧莉嘉溫柔地說。

坤護感受到奧莉嘉真誠的慈愛，頃刻鬆下戒備，身子一軟砰一聲倒地。

奧莉嘉猶如明月照亮夜空，指引那些迷茫的無助的生命方向，即使是殺人如麻的坤護也因那一雙星眸照耀而拜服。

命懸一線的坤護忽然指著奧莉嘉：「天后……我等景仰崇高之神，請妳再賜我力量……我要生命，才能完成妳所想的大業——」

「哼，想活想瘋了，真沒想到有人能拖著這種臭皮囊苟活。」張紀昂看不下去，想起村裡的大男孩送給奧莉嘉的鏡子，從包袱裡拿出來，氣沖沖抓住坤護的頭：「看見自己的模樣了嗎，這就是你的永生？你殺了這麼多人，造成無數罪孽，就只為了變成這種鬼樣子？」

奧莉嘉想制止他，但張紀昂內心一股火還沒燒完，他繼續罵道：「倘若作惡多端，長生豈有何用？你活百年，我會追殺你到油盡燈枯為止，你活千年萬年，我的子孫、那些有志之士一樣不會放過你！給我看清楚了！」

「別說了。」奧莉嘉想拿走鏡子。

但坤護搶過鏡子，看著鏡裡的自己嚎嚎悲鳴。

坤護捏碎鏡子，怒吼起身，瘋狂襲擊兩人。

張紀昂立即提起天鐵大刀，與之相拚，以坤護的狀況只不過苟延殘喘。坤護撲往張紀昂，漏了個大破綻，右手臂被整個斬斷，坤護趁張紀昂尚未反應，趁此奔向奧莉嘉，左手倏地揮來，奧莉嘉即時後退，只輕輕劃傷手腕。

猛然一道電光打入坤護體內，倏地將他轟成焦炭。

一隻白晰的手從焦黑的身體裡抽出雷電，張紀昂仔細一瞧，原來是一把半月花紋的太刀。太刀的主人綰著髮髻，穿暗紅飾有白菊花紋的袴，身段窈窕嫵媚，容貌妖豔誘人。

那人秋波魅惑，對上眼的會感到一陣酥麻，但眼裡蘊藏令人不敢抵抗的氣魄。

「膽子不小呀，連妾身的小甜心都敢欺負。」

張紀昂終於明白那股強大從何而來。

那人甩掉血槽的陰血，華麗收刀入鞘，走到奧莉嘉身旁察看傷勢，奧莉嘉的個子只到那人胸前。

「沒事吧，小甜心？」那人不慍不火拿出一條緞帶綁在傷口上。

張紀昂聽著那人中性的嗓音，似與那一身柔媚不相符，雖然極盡溫柔，卻有著說不上的違和感。

奧莉嘉搖搖頭，比起自己的傷，她更在意被電成焦炭的坤護。

「代哥，我想救他。」

「代哥——你是男人？」

若不特意將視線放在明顯平坦的胸前，無論形貌、舉止都是個成熟有魅力的美女。

那人忽然朝張紀昂臉上抽一巴掌，「瞧你長得挺俊俏，說話真沒禮貌。」

張紀昂摸著熱辣辣的臉頰，這才懂為何有奇怪的感覺。

「乖，生死有命，他死在妾身劍下也是緣分。再說妳忘了我們來的目的嗎？」那人嫣然一笑，盯著坤護的焦屍說：「就是為了送他們成佛。」

憑這身服飾，以及把刀稱呼為劍，張紀昂敢保證他絕對是大和人。

「先生，在下想請問——」

「你嫌右臉不夠燙，想補一個？」那人朝張紀昂左臉再狠搧一掌。

張紀昂被打得莫名其妙，趕緊作揖賠禮：「在下張紀昂，不曉得先——小姐芳名？」

「蘇我代，來自大和。」蘇我揪住張紀昂的衣領，問：「正好，妾身有幾個問題想問你。」

「這麼剛好，在下也是……」張紀昂只能傻笑。

「妾身在村莊外頭看見你與狂屍周旋，但為什麼打完狂屍，聽到妾身走來，又趕著要小甜心扶你上馬，然後來到這間破屋？」蘇我舔了舔唇，以拇指推刀，綻露寒光，「老實交代，否則妾身讓你做不了男人。」

「我只是帶他來這裡睡覺。」奧莉嘉解釋道。

「哦？妳有替他做什麼？」蘇我問。

「嗯，很多。」

蘇我冷哼一聲，刀光閃現，鏗鏘一聲砍在張紀昂的天鐵大刀上。

「拿刀的速度很快嘛，跟你誘拐小甜心的速度一樣。」他惡狠狠地說。

「誤會了！」張紀昂慶幸有隨身帶著大刀，否則那一刀下去，光是想像下場就讓他背脊發涼。

張紀昂把事情前因後果說了一遍，並沒想到當時的動靜是蘇我發出的，否則不必多繞圈子，早可以回到常勝軍大營。

蘇我也是常勝軍傭兵，他的探子追蹤到一綹由坤護帶領的狂屍，一路追趕至村莊附近，恰好張紀昂跟奧莉嘉遇其先鋒，還打了一場。至於剩下的狂屍便不消多問，從坤護重傷的樣子就能明白。

「這麼說來，似乎聽過昂字營的名字，你就是昂字營營官？」

「慚愧，現在只是暫附常勝軍的小卒。」

「什麼嘛，妾身還以為你是誘拐小甜心的變態呢。」蘇我這才收刀。

「你完全誤會了！」張紀昂不敢說自己頂天立地，但起碼做事問心無愧，居然會被當成那種人。

奧莉嘉則是老樣子，蹲在燒成一片焦黑的坤護跟前唱念禱詞，眼神充滿憐憫，柔美的聲音令後方兩人安靜下來。蘇我拍了兩掌，再雙手合十拜向坤護，

張紀昂已習慣這個場面，喃喃道：「福禍無門，惟人自召。善有良報，惡有天收。」

蘇我問：「你覺得他們真的是為了長生不老才變成狂屍嗎？」

「在下也好奇，所謂長生應養氣吐納，修身靜性，縱遊三界之外，心脫大千之中，但狂屍戾氣陰重，強超其命，與長生之理背道而馳。」張紀昂不是沒懷疑過，變得如此醜陋四處作亂，莫說長生，下一刻會引來誰剿滅都不知道。

「妾身看來，他們只為活著。」

「不管他們有何用意，皆是有違天理。」

「你倒是很剛強，妾身很喜歡。」蘇我甜滋滋地說。

張紀昂不禁打顫。一會冷囔著要斬斷什麼，一會又如斯嫵媚，接著不曉得變成什麼臉。

奧莉嘉做完祈禱，說：「你在真主面前犯誡。」

「姑娘，蘇我先——蘇我小姐是怕妳受傷，才會動刀幫忙。」張紀昂替蘇我緩頰道。

「傻子，小甜心是說你。」

「在下？」張紀昂睜大眼看著奧莉嘉。

「嗯哼。」蘇我媚笑道。

「等等，方才那刀怎麼看都是蘇我小姐使的。」

奧莉嘉沒回答，逕自走回破屋內。

張紀昂滿臉疑問看著她的背影。

「呵呵，你不是說了福禍無門，惟人自召。以你的眼力，應當看得出坤護已經沒殺意，也沒有任何力氣，不過你卻激怒了他，他才負隅頑抗。」蘇我望向破屋，替張紀昂解惑道：「在小甜心眼裡，這行為跟殺手無寸鐵的普通人一樣。」

「難道是指在下害死坤護？照她的想法，莫非要先等坤護調養生息，再戰個兩敗俱傷？」

「不，應該說小甜心希望能感化一切紛爭，無意義的流血是最徒勞無功的戰爭，哪怕你的理由再義正嚴詞，也不過是殺人狂。」

「狂屍狡詐陰險，在下只是擔心坤護反噬。」張紀昂繼續爭辯道。

「這一點甭擔心，小甜心的眼力不比你差，再說了，她見過的死亡地獄可不比你我少。」

蘇我說完，也走進破屋，留下張紀昂獨自思考。他承認坤護看見奧莉嘉時的確已無殺意，只是想求苟活，但他忖狂屍狡詐，定會變成反咬的白眼狼。再說一看見狂屍，昂字營弟兄犧牲的身影便會與悲憤重疊，他征戰八年，為的正是手刃這些擾亂天下安寧的怪物。

為何奧莉嘉的話讓他覺得自己手沾腥血。他從未想過狂屍乞不乞降這回事，俗話說戰場無父子，無情感可言，更何況狂屍在他眼裡是充滿殺戮的逆天怪物，

是大逆不道、有違天理的存在，殺之不過替天行道。

但在奧莉嘉不經意的話語卻變成殘忍的行為——不對，這次他感覺奧莉嘉是慎重思考才說出口。

殺降是錯，但殺狂屍有對錯嗎？

張紀昂忖著若放狂屍一條生路，豈對的住死去的弟兄。

突然草堆一陣聲響，張紀昂立刻提刀警戒，只見踢踢躂躂的木屐聲從背後傳來。

「妾身的人，準備送你們回去。對了，三十石米，五百斤菜已經運完了。」

「咦？」

「誰叫你們無緣無故跑了，只好幫忙辦，妾身可不想看大夥餓肚子。」

「謝謝。」奧莉嘉說。

蘇我摟住奧莉嘉，像逗弄幼犬喜孜孜地說：「好乖，聽到小甜心這麼說，就不枉費妾身的辛苦。」

「總之，算是化險為夷了吧。」

「這可不一定唷。」蘇我莞爾道：「你如果繼續逞強，身體遲早會撐不住，畢竟喚神可是相當費力呢。」

「在下知道，但總不能什麼都不做，接著將要打錫城，錫城守將皎天比坤護難纏十倍。」

「換句話說，你的生命危險又提高十倍。」

「保國衛民，頭顱可拋，志氣不可斷。」

「不怕死的男人總是讓妾身受不了，你可得小心活著，別枉費妾身現在有些喜歡你了。」

「謝了。」張紀昂姑且把那番話當作讚賞。

埋葬好坤護跟其他狂屍的屍體，兩人收拾好行李，跟著蘇我的部隊回去常勝軍大營。

一番周折，總算見到哈勒，張紀昂掩蓋自己再次受傷的事情，只交代途中被狂屍追趕，因此帶著奧莉嘉躲避山中。奧莉嘉跟蘇我沒有多說話，而是各自回去休息，眼尖的哈勒感覺裡頭有貓膩，但人回來便好，只告訴張紀昂日後要小心保護自己。

由於拖了一天，常勝軍改成翌晨開拔，並持續派出探子搜查附近是否仍徘徊狂屍。兩人不在的時候，哈勒命人整理了一個單獨營帳給張紀昂住，張紀昂道完謝便回自己的帳篷。

帳內擺設簡單，除了睡床，唯一物品是那把沒帶出去的斬馬刀。這把斬馬刀亦天鐵打造，跟山苗大戰時多有損耗，哈勒請來熟工鐵匠打磨缺痕，如今看來煥然一新。

他躺在床上難寐，於是到帳外吹風散步，各營幾乎熄燈休息，哈勒的主帳則通火通明，還在議論攻打錫城之事，蘇我也在其中。

據報皎天聚了上萬精銳狂屍據守，這仗是難啃的骨頭，李總兵因此調度五十多個營的兵力包圍錫城，再加上常勝軍等傭兵團協助。

若昂字營還在，肯定擔任先鋒營，張紀昂憤舉斬馬刀，領著弟兄攻城陷地。

此時他只能在寂靜地營地裡對自己發牢騷，連常勝軍的機要會議都無法參與。但說穿了他也僅把自己當客人，參不參加其次，重要的是能夠上場殺敵。

他繞過扛後膛步槍巡邏的士卒，穿梭到後邊，赫然發現一片暗岑中有座帳篷亮著火光。

心裡一陣嘀咕，輕聲靠近帳篷，聽見裡頭細微而清晰的聲音，雖是張紀昂不懂的語言，從平靜莊重的節奏起伏，已能猜得八九不離十。

帳外沒有守衛，於是張紀昂拉開帳門，迎面撲來香郁的膏油味，以及一股令人心曠神怡的清甜。那是奧莉嘉的味道，張紀昂伏在小黑馬背上聞了一個時辰。

帳裡兩旁整齊排放許多厚重的精裝書籍，書的切邊清一色飾著滾金口，仔細瞧滾金口還精雕著華美圖騰。這些書定要價不斐，光把金子熔了就不曉得值多少銀兩。

奧莉嘉跪在軟墊上，捧著一本比臉還大的舊書，藉著兩側燭台的燈火辨讀文字。相較那些華貴書籍，奧莉嘉捧讀的經書黯淡無光，但她悅耳舒暢的聲音足可與金絲銀漆爭輝。

樸素的燭台中央擺了一個小小的木雕，樣子很像哈勒掛戴的魚形項鍊。

張紀昂忖那些教義經文都給人死板板的印象，可經奧莉嘉的口，如同徜徉一座盛開野花、清風徐來的草原，不加修飾而自然欣榮，草地若漢霄無垠廣闊，只要踏進了奧莉嘉的歌聲範疇，壓迫的緊張的心情便得到舒展。

奧莉嘉沒有因突來跫音分心。

張紀昂瞥見她的背上生出羽翼，倏地羽翼化散。

他仰望空中如泡沫飛散的片羽，驀然那抹清雅的氣味竄進鼻子，驚訝地發現奧莉嘉正盯著他。

羽翼消去，彷若夢景，張紀昂正了色，說：「在下看到這營帳有光，才擅闖進來，若有冒犯，在下立刻出去。」

「這裡是祈禱室，所有人都可以祈禱。」

張紀昂仍惦記著山上的事，霎時覺得與奧莉嘉之間多了隔閡——雖然他原本就認為兩人溝通不良，但現在是真的像扎了一根刺般不舒服。

要是被奧莉嘉這種毫無心眼的姑娘恨上，將是最直白無雜的恨，打從心底厭惡。

相較於張紀昂的侷促，奧莉嘉神情從容，和往常並無不同。

「還在生氣嗎？」他小心翼翼地問。

「為什麼要生氣？」奧莉嘉反問。

確實，那種負面情緒是與奧莉嘉絕緣的，她只是根據真主教誨，以純真的心靈反映眼前所見。

「在下認真想過了，生命固有珍貴之處，但狂屍的存在本身不正是違反生命之道？我們離鄉背井，置身死於度外，手染腥血皆為天下蒼生，倘若如此有罪，在下願一人扛下劫難。」

張紀昂說得大義凜然，奧莉嘉淡然應對道：「可是你害死無辜的人。」

「姑娘，那狂屍只因重傷才看來無害，但此前做了多少禍害蒼生的惡事，罪不可赦！」張紀昂說出癥結：「再者，狂屍算不得人。」

「他們不是人變的嗎？」

「這個……話雖如此，但他們將自己出賣給洪秀媜——」

「像是跟惡魔締約？」

「嗯……」張紀昂忖了一會，「正是這個意思，所以這些狂屍已經跟妖魔無異。」

斬妖除魔，天經地義。張紀昂認為沒有比此更有說服力的了。

「帝國有本書寫萬事萬物都有善根，只要肯放下，便可以得到原諒。彌賽亞說：『凡放下的，必得救贖。』」

「如果狂屍有善根，就不會變成那種可恨的模樣——」張紀昂卻找不話反駁，因為此刻奧莉嘉像極帝國信仰裡慈眉善目、心懷眾生的白衣大士。

要不是那頭鮮明的金髮，張紀昂可能會下意識跪著。

這次奧莉嘉似乎有意要讓張紀昂明白「慈悲為懷」的道理，話變得比先前多。

張紀昂退讓一步說：「雖然在下覺得不大可能，倘若他日真遇上誠心悔改的狂屍，在下必定慈懷以報。」

「一言為定。」奧莉嘉伸出纖細的小指頭，臉上浮著一絲笑靨，彷彿高興張紀昂終於懂了。

張紀昂輕嘆口氣，勾住她的小指，以拇指相印當做約定。他忖要是換做別人講這些話，要麼不理會，若惹得心裡出火，說不定會狠揍對方一頓。

但奧莉嘉就有不讓人厭惡的魔力。

「既然有這麼多鑲金飾的書，為何偏要用那本書？」

「書裡記載真主的真理和彌賽亞的言行，用金銀雕飾表達對真主的敬重。那些書要送給帝國當地的教徒，希望他們能學習真主的教導。」

「在下是想問——罷了，不提也罷。」張紀昂放棄奧莉嘉回答，反正這也不是第一次。

「那是父親母親留給我的。」奧莉嘉看著那本破舊的經書道。

「抱歉，在下不該如此好奇——」

突然一道冷光刺來，張紀昂急忙閃避，接著見到媚麗的身影走進營帳。

「不好意思，劍居然會自動出鞘呢，師父常說妾身的不動尊有靈性，會不小心砍中登徒子。」蘇我笑盈盈地說：「幸好沒人受傷，可喜可賀。」

「哪裡可喜了！」

「妾身是擔心小甜心一個人在祈禱室會有危險，一開完會就來看一下，想不到——」蘇我意有所指的對張紀昂笑。

「在下什麼都沒做！」張紀昂懷疑蘇我腦子裡到底裝了什麼。

※

烏雲密集一個時辰，不出所料降下暴雨。馬匹陷於泥沼，士卒們只好使勁將火炮推出泥地，一陣忙活，才和駐紮錫城外的大軍會合。

李總兵請哈勒入大帳跟其他統領議事，星夜兼程的常勝軍趁機休憩，坐看李總兵的部隊發動攻勢。營地離錫城兩里，能清楚看見錫城崩壞的城牆，城上有少數狂屍巡邏。

根據以往和皎天交手的經驗，皎天愛好野戰，擅長伏擊，因此李總兵斷定城四周必有設伏，打算先採取炮擊引出狂屍。

張紀昂戴著斗笠，站在常勝軍駐營的小丘望著據著高地的阿姆斯壯炮，那批新穎的火炮剛從外洋引入，年前方從貨船卸下，當時張紀昂也參與押送，劉參將曾許諾撥一門炮給昂字營。

這種新式火炮威力強大，一發可炸死數十狂屍。

張紀昂那時還忖，昂字營有如此神物，必定所向披靡。

此時擔任先鋒陣的是盛字營，盛字營以軍容壯大、裝備精良著稱，從小丘便能瞥見雨中飄揚的旗號。盛字營攜著阿姆斯壯炮，扛著最新式的點火針步槍，號稱讓狂屍活不過層層密密的火網。

看到這幕，張紀昂感到吃味，昂字營為用刀槍應戰狂屍，刻苦打通靈識，所受的痛苦常人難以體會，每每作戰奮勇先登，待遇卻不若盛字營。

那日被山苗奇襲，裝備精良的盛字營也在山崖上，卻只作壁上觀。但張紀昂不能指責什麼，畢竟追山苗是他固執所為，敗滅豈能怪罪他人。再說山崖上駐紮的不只盛字營，他們背後勢力盤根錯節，甚至朝中有人，張紀昂一個沒靠山的普通營官怎撼的動。

張紀昂只怪自己無能，護不住弟兄們。

「恨不得站在那邊是嗎？」蘇我驀然出現。他戴著深紅色頭巾，撐著一把淺桃色的油紙傘。

「否則就是在下立下首功。」

「真奇怪，你一會想道濟蒼生，一會又爭功。」

「這兩件事似不衝突。」

「說的也對。不過妾身一點也不在意爭名奪利，麻煩死了。」

「難道你加入常勝軍，不是為了豐厚的酬庸？」如果說奧莉嘉跟哈勒是為了矯正帝國對真主教義而來，那麼其他人肯定是為了富商開出的高昂報酬。

「討厭，你把妾身想得太膚淺了。妾身來此，是為了修行。」

「殺狂屍修行？」

「一面修行劍術，一面沉澱心靈。應該怎麼解釋才好呢，為了悟禪，直到動靜皆不見，能夠看到心性為止。」

「不明白。」也沒什麼好明白。張紀昂不管這些外人目的為何。

蘇我張開手掌，露出深厚黃繭，說：「有時恨不得切掉這麼醜陋的繭，但這些最厭惡最不願面對的東西，往往是最深刻的存在呢。」

張紀昂隱然看見蘇我的手掌沾滿血跡，彷彿說明他來帝國之前，也是在腥風血雨中度過。

「對了，那晚妾身聽到你跟小甜心的約定。」

「是嗎？」張紀昂不禁窘紅臉。

「如果你打從心底相信就再好不過了。」

「難道你信世上有存在良知的狂屍？」

「在妾身看來，他們只是為了活著。」蘇我掩嘴哼笑，「如果有東西能測驗善惡，事情就簡單的多，不過測試人性不是個好主意，即使是良善的初衷也可能變得殘忍不堪。」

「也許你說得沒錯，我們等著看吧。」他仍堅信狂屍無善。

張紀昂若不提醒自己蘇我的性別，實在很難不被他妖嬈嫵媚的氣質所誘。

前方霧茫的曠野宛如無垠大澤，而那方模糊後隱然藏著不可勝數的危險。

空氣中有股強烈惡意襲來，滲透每一個角落，四顧蒼茫的原野忽然冒出成堆狂屍。雨勢驟大，豆子般成批灑落，一道巨雷轟落，猶如號角催動狂屍前進，黑壓壓的腐朽肉體盡速衝往陣地。

炮陣豎起旗號，揮舞張紀昂熟悉的號令。線膛式加農炮轟出一排炮彈，在幽暗曠野中炸出片片煙花，硝煙未散，炮兵哨官一聲令下，炮手有條不紊進行填裝，發動第二輪炮擊。

各炮哨官在大雨中促然指揮，一排排加農炮、野戰炮射出彈藥，一時間火焰飛舞，炸得狂屍支離破碎，殘手斷腳宛若煙花四散，但更多不畏死的狂屍前仆後繼。

後方李總兵大張旗令，騎兵哨蓄勢待發，等候將令攔截狂屍，左右兩翼三十營進入預備，隨時進行白刃戰。

很快狂屍衝進步槍射程，盛字營率先開火。張紀昂看著戰況如火如荼，卻不能親身參與，焦急地問：「什麼時候才輪到常勝軍上陣？」

「還早呢，哈勒悠閒地在李總兵帳外踱步，恐怕要等攻城才輪的到我們。」

「你眼力這麼好？」李總兵的大營離常勝軍駐紮的小丘足有兩里遠，即使號稱眼若蒼鷹的張紀昂也無法看得這麼清楚。

「有這玩意兒，連城跺上偷懶的狂屍都看得仔仔細細。」

張紀昂一瞄，蘇我正用雙筒望遠鏡觀察周遭。

「請借在下一用。」

蘇我知道張紀昂心急，便將望遠鏡遞給他，「這是新型的普羅凌鏡，以前的款式根本沒法比。」

張紀昂敷衍「嗯」了兩聲，聚精會神凝視衝進炮火的狂屍，雖然狂屍奮勇向前，卻少見的連半里地都無法推進。

火炮固然厲害，但狂屍不該只有如此表現，那些遲遲攻不進的狂屍更像是故意吸收炮火。

更詭譎的是一向陣前指揮的皎天居然不見蹤影，張紀昂浮現可怕的猜想，趕緊拿著望遠鏡往後跑，大軍囤放輜重的後方飄起煙塵，必須仔細看才能從大雨中分辨些微的差異。

「不好了——」張紀昂暗叫。

李總兵的大營也有異樣，突然下令讓兩哨炮調頭，顯然李總兵也察覺不對勁。

蘇我抽了抽鼻子，嫌惡地說：「真令人討厭的氣息。」

一支精悍的狂屍部隊驀地出現，帶頭者披著凌散紅髮，面白神兇，身形結實而大，是太平天國將領中少數模樣接近人的。張紀昂立刻認出那名悍將。

皎天立於狂屍之前，以迅雷之勢猛撲大軍後方，此時除卻押送輜重的少數後備隊外，僅有一門野戰炮可禦敵。炮兵見狂屍來勢洶洶，慌忙填裝彈藥，炮彈直穩擊中皎天，炮兵們瞬間歡欣鼓舞，想不到如此簡單就解決難纏的大麻煩。

未料煙霧散去，皎天露出鄙視的惡臉仰天大吼，一聲怒吼儼如戰鼓，狂屍發出尖嘶嚎叫衝刺。皎天奔至炮前，大手一揮摘下兩顆人頭，其餘炮兵來不及提槍應戰，皎天又猛拳一擊擊碎鋼製的加農炮。

張紀昂大叫不妙，不經命令逕自攜著斬馬刀上馬，策馬馳援。

沒有李總兵跟哈勒的命令，張紀昂不能擅自行動，也無法調兵，但眼見皎天大開殺戒，他豈有坐視不管的道理。前方李總兵已遣兵調頭回援，但怕是還沒跟皎天對上，補給就先被摧毀殆盡。

張紀昂單刀單騎，如火矢掠過陣地，疾風疾火趕到陷入混亂的輜重後方。攻城失利尚能合圍，要是糧草全失必然軍心動盪，最慘的下場是被前後包夾，潰滅大敗。張紀昂憶起昂字營大潰的景象，馬鞭再三催促，戰馬似也被他情緒所染，四足蹬地若飛。

守輜重的後備隊攔不住皎天奇襲，不聽將令慌亂竄逃，鎮守的營官雖殺逃兵申令，但遠比不上皎天帶給他們的恐懼。眼看皎天突破陣線，接著就要燒毀糧草，張紀昂俯身撿起散落於地的長槍，往奔近糧草的狂屍一擲，長槍穿破狂屍身軀，哀呼一聲倒地。

藉著狂屍剎那間的詫異，張紀昂勒馬佇於糧草之前，怒吼殺向成群狂屍。以一人之力力戰狂屍實乃不智之舉，狂屍見有人前來送死，迅速團團圍上。這正好中了張紀昂下懷，他聲發丹田，吼若虎嘯，淘盡殘軀靈識，打通七竅十二經絡，那些狂屍看到一尊巨大魁梧神將昂然立於張紀昂身後，紅面長髯，鳳眼含威，身穿斑斕戰甲，持一柄浮刻青龍的月形長刀，沉甸甸不曉有幾千幾萬斤重。

神將鳳眼一瞪，散發著無與倫比的氣勢，狂屍不敢跨越一步。張紀昂猛然揮刀，神將斬出一道勁氣，彈指掃滅五步內的狂屍，接著一刀，又五步，再揮，狂屍澈底想起還披著人皮時擁有的原始畏懼。

成千狂屍不敢再招惹張紀昂，紛紛四面退散，皎天見狀直取一個狂屍的頭，喝令道：「退者，依同辦理！」

蛟天將兩顆狂屍頭拋給張紀昂，瞬然踏地迅奔，他面色剛毅，不畏神將，交手幾個回合，看出張紀昂是虛殼，一掌中其胸膛，讓他連帶人馬飛出半丈外。張紀昂身體尚未康復，為救輜重而急於喚神，用罄所有靈識，動一下每寸肌肉都像拖著沉重鐵鍊，揮一刀便要拿陽壽來換。

但張紀昂不怕，就算戰到油盡燈枯也要保住軍糧。可徒有滿腹衷腸遠遠不夠，蛟天攻勢凌厲，似有無窮無盡的精力，張紀昂現在卻只能免強發動神將一成力量，這一成在蛟天看來嗤之以鼻，卻是張紀昂守護後方的唯一救命繩。

打個幾次來回後，張紀昂深知比不上蛟天，已戰得疲軟無力，一瞬鬆懈，蛟天殺至跟前抓住他的臉，五爪掐出血痕，神將頓時散為金光塵埃。張紀昂聽不見己方將士的呼喊，聽不到狂屍的鼓譟，這次離死更近一步，他依然不怕，只擔憂無法替昂字營弟兄復仇，不能再替朝廷黎民奉獻。

「殘敗之軀，尚能與我酣戰，若留你於世，爾後對天后大業必是危石。」蛟天把張紀昂按到地上，火紅色的眼眸盯著那張血流如注的臉，只消輕輕一捏，便能取其性命。蛟天卻罷手，冷冷道：「你跟那些人不同，我敬你是條漢子，留你殘命。」

「你會後悔——」張紀昂一拳打中蛟天的臉，蹦起虛弱的身體，腳步虛浮但神色堅毅，「方才沒要了我的命！」

「放下執念，與我追隨天后，前往安樂天國。」

「作狗日的夢！」張紀昂腳勾起斬馬刀，要與蛟天再戰。

蛟天冷哼，指尖滑向張紀昂喉嚨，劃出一條清晰血痕。張紀昂奮力殺去，蛟天見他要戰到致死方休，臉色流露一絲憐憫，不再多勸。張紀昂不停催促身體跟上蛟天的步伐，無奈拖著疲軀難以為繼，下一招將是他死路。

蛟天五爪冷鋒瞄向張紀昂喉頭，命殞之際忽乍現一道火光，蛟天驚覺不對連忙收手，火光卻現若閃雷，切下他一掌。

「忘了妾身的存在可是很危險的事唷。」蘇我甜膩地笑道。

張紀昂訝異地看著蘇我，以及飄揚的常勝軍旗幟，吃驚道：「怎麼可能這麼快？」

「快？你已經打了兩刻鐘，即使是烏龜也該爬到了。」

蛟天瞪著四方，驚惶盡寫臉上，他本以為收拾張紀昂這個殘軀之將不用多少時間，未料竟被拖延了兩刻鐘。這時常勝軍連同其他隊伍反夾狂屍，蛟天顧不了與蘇我對戰，連忙調兵殺出重圍回城。

蛟天帶著狂屍負隅頑抗，靠著一身悍勇倒也戰得勢均力敵。李總兵的主力被拖在前線，蛟天只要打開缺口，依舊能逃脫。

張紀昂還想再打，卻被蘇我拖到後面，他不甘地喊道：「不能讓那傢伙逃走，否則錫城難攻！」

蘇我將刀架在他的脖子上，莞爾道：「再往前一步，劍不長眼。這裡已經沒你的事，給我乖乖看著。」

張紀昂正要抵抗，一道沁香撲來，止住了他。

只聽到一句「阿門」，接著奧莉嘉背後生出三對白潔羽翼，渾身包裹光芒，閃爍如極夜中的星河。奧莉嘉十指交扣，安於胸前，泰然看著浮躁的皎天，羽翼撲愣拍動，倏地無數羽毛化作千萬白光，瞬間照亮天地。成千上萬的光突聚成一束，從天而落，巨浪一般襲捲狂屍，光所及之處，狂屍愕然碎化，變成滾滾煙塵。哀愁的臉揚起雀躍，怯懦的燃起勇氣。

她岑靜而安詳，不為瞬息萬千的戰場浮動，彷彿只是在教堂裡，於神面前虔敬祈禱。

常勝軍跟數支隊伍挾著奧莉嘉的威勢奮勇殺敵，這是他們殺過最酣暢淋漓的戰役，終於不再害怕刀槍不入的狂屍，那個能讓三軍止息的皎天在奧莉嘉的聖光面前顯得多麼渺小。

陰雲逐漸散開，耀眼光芒披照血戮大地，彷彿預告那些懾人恐怖的即將結束。

※

「聽令，坐下！」皎天對著狂屍大喊道。

那些正浴血奮戰的狂屍雖感疑惑，卻不敢質疑將令，在劍拔弩張的情勢下全體坐下。各軍見狂屍這麼做，都覺得有陰謀，不敢貿然上前，一時停止攻伐。

陽光沐在皎天如火焚般的紅髮，沾染血汙的頭髮亮而黏膩，他像是一根狂風中堅忍不拔的草，雖強悍，卻透著一股哀然。

蘇我富饒興趣地看著皎天，好奇這個勇猛的太平天國將領又想搞什麼花樣。

眾營官見狂屍不動等死，下令要兵勇別放過機會，但皎天驍勇善戰的形象早深植人心，那些兵勇不信皎天會乖乖站在那被殺。

「你們是誰統帥，出來與我說話。」皎天用剩下完好的手指向圍住他們的數千大軍。

此時李總兵不在，這些營官各帶自己的部隊，誰也統轄不了誰，無法分大小。其中一位留著大鬍子的營官吼道：「屍賊陰險，必定有詐，來啊，上火箭！」

這人叫劉銘，字三省，乃淮軍銘字營營官，拜參將，李總兵跟前的紅人，被稱為淮軍第一驍將。他亦是領張紀昂投軍的同鄉長輩，此時張紀昂已被蘇我抬下去，否則兩人見了又要生出風波。

哈勒冷靜地勸止道，「慢，劉營官，對方似乎有話要說。」

「我們就坐在這裡不動，你也怕？」皎天諷刺道。

「狂妄屍賊，死到臨頭還敢逞口舌之快！」劉三省惱怒道。

「你們說是不說，談是不談？」皎天問。

眾營官議論一陣，認為跟狂屍沒什麼好談，最後還是劉三省向哈勒抱拳道：「哈勒先生是太后欽定軍門，論品級比我們都高，還請哈勒先生出面。」

「既然如此，在下就代替諸位與狂屍談談。」哈勒遣開兵勇，讓出一條路，騎到前頭，向皎天行禮道：「我是哈勒．戈登，常勝軍指揮官，有話可直說。」

「我願連錫城一起降。」

「哦？」哈勒狐疑道。

聽聞皎天悍勇難馴，想不到會在他口中聽見降字。

劉三省譏諷道：「笑話，豈有敗軍屍賊討價還價的道理，納你的降，沒準回頭就反咬我們一口。什麼太平驍將，不就是條搖尾乞憐的屍狗！」

皎天不卑不亢，靜靜地說：「我願以命抵之，錫城給你們，只求放過他們。」

「諸位大人，我認為可以接受投降，帝國有句話說『上天有好生之德』，既然他願降，就放他們一條生路。」

「屍賊配不上這德行，再說，誰能保證屍賊不反水。」劉三省說出顧慮。不只他這麼想，大家都不認為狂屍能安好心眼，說不定剛解了圍，皎天就立刻毀約反殺。

哈勒不回答，只看皎天如何回應。

皎天向前踏兩步，如奧莉嘉平時唸禱完會以手畫十字號，狂屍開始躁動，皎天瞪著他們，要他們繼續坐著。

那一幕讓張紀昂不敢置信，他眼中殘暴不仁的狂屍居然產生如此情緒，彷似看見昂字營潰滅那日，手下弟兄不捨的眼神。

不可能，張紀昂在內心喊道，狂屍怎麼可能有情感。

未能細想，皎天尖甲插入胸膛，一片嘩然中破膛而入挖出心臟。

皎天隻手捧著血淋淋的心臟，傲然掃視諸人。

第三章　知善惡果

和藹的白衣大士坐在蓮花座上，用纖纖細指從一個精巧花瓶沾了滴露水，彈到被火焚身的張紀昂身上，滴水成雨，溫柔細雨熄滅連連惡火。火中掙扎的張紀昂終於可以停止折磨，他吃力地撐起燒焦的身軀跪謝白衣大士。

白衣大士莞爾，散發純淨光芒，滌去張紀昂身上的苦痛。張紀昂看見那些醜陋的燙疤一個個剝落，生出如同新生兒細嫩的肌膚，他虔敬地向白衣大士跪叩，表溢感謝之情。

忽然白衣大士勾著指頭要他向前，他如失了魂般緩緩走向那道光芒，白衣大士輕按住他的額頭，瞬然生出一朵嬌豔芙蓉。

※

「喂，你就這樣捉著小甜心的手，不怕妾身忌妒之下砍斷那東西嗎？」

張紀昂嚇得放開奧莉嘉，奧莉嘉神情鎮定，替他換上新的毛巾。蘇我捧著刀坐在床旁的小凳子上，笑裡藏刀地打量他的舉動。

「抱歉，在下夢見大士替我療傷，所以——」張紀昂想起身道歉，但身體像一坨軟趴趴的麻糬渾身無勁。

「這是你感謝白衣大士的方法嗎，挺激烈的嘛。不過，一整晚不眠不休照料你的人可是小甜心。」

張紀昂慢慢想起昨天的事，他因靈識使用過度，全身高燒不退，被哈勒派人帶到營帳休息，然後他便在火燒般的痛苦中昏迷。昏了一夜，除了還些有疲軟，燒已經退去，當他瞥見奧莉家眼皮下淺淺的黑眼圈，不禁感到不好意思。

奧莉嘉反手貼著他的額頭，說：「已經沒問題了。」

「雖然像你這樣逞強很有男子氣概，可是死了就不值得囉。」蘇我笑道。

「情勢危急，在下別無他法。」

「妾身明白，要不是你捨命拖住那傢伙，恐怕戰爭沒這麼快結束。」蘇我把頭髮放了下來，不像挽髮髻時那樣英宇之氣，披著秀髮的他綻發一股說不上的柔媚。「哈勒也很讚賞你呢，正打算向李總兵報告你的事情。」

「什麼？」張紀昂激動地掙起上半身，焦急地說：「哈勒先生去了嗎？快攔住他，不能讓總兵大人知道在下這般狼狽樣。」

「差點過三途河的人，還這麼好面子。」

張紀昂靠在硬木床頭，垂著眼說：「這不是面子問題，唉，非關在下個人面子，而是昂字營五百弟兄的事。」

「知道啦，你想立功替他們平反。但以你隻身對陣皎天，已算是大功勞了。」

「功勞不是在下的，」他望了奧莉嘉一眼，嘆道：「在下不過敗軍之將。」

「真是死心眼，說起來這場仗你至少領六分功呢。」

「沒能擊倒皎天都不算事。」

他固然拖延皎天進攻輜重，但逼皎天自殺投降人是奧莉嘉，李總兵跟各營營官皆看見奧莉嘉如何焚化狂屍，才使皎天走上絕路。張紀昂很清楚那樣具有毀滅性的力量遠非他能企及。另一方面，他萬沒想到纖弱的奧莉嘉居然潛藏這等威力。這無疑讓淮軍各營相形見絀，讓一個洋人少女奪此頭功。

張紀昂想要的是像奧莉嘉那般奪下大功，好名正言順向李總兵陳述當日昂字營潰滅之事。依他昨日的表現，只能被定為「果敢有餘，實力不足」，說好聽是勇敢忠膽，難聽就是魯莽，很可能被有心人傳成昂字營因他粗率而滅。

戰爭不只在檯面上列兵打仗，底下與人周旋也得步步為營，這是張紀昂最不擅長的部分。

「想什麼呢？」蘇我問。

「在下在想哈勒先生不曉得報上去沒有。」張紀昂忖常勝軍作為外來傭兵，根本無法理解帝國軍內暗濤洶湧，說了也沒用。

「聽說李總兵正在清查錫城，沒時間接見哈勒。妾身也想進錫城瞧瞧，狂屍治下的城池是什麼模樣。」

「狂屍禍害東南，千里荒蕪，所到之處白骨累累，杳無人煙。城裡肯定一個活人也沒有，都是狂屍毫無生氣的地方，有什麼好看。」張紀昂攻過幾個反覆落於淮軍與狂屍手中的城池，攻下後查看城內只能用慘不忍睹形容，街市俱荒，草木叢生，入夜便鬼影幢幢，宛如鬼城，這種地方除了狂屍根本無法住人。

「一連說這麼多話，看樣子身體復原得很快嘛。」蘇我說：「我瞧錫城城牆維持的不錯，總覺得裡頭有好玩的。」

「全都是醜惡狂屍，哪裡有趣。」張紀昂嗤道。

「像你這無趣樣，可不招女孩子喜歡喔。」

「但皎天確實出乎我意料，沒想到他居然為那些狂屍犧牲自己。」皎天之舉打破張紀昂對狂屍無血無淚的印象。

「換作是你會不會這麼做？」

「當然。若時光倒回，在下願以性命換回五百弟兄。」

「那就對啦，表示那傢伙跟你一樣愛護底下人，怪不得妾身也對他有好感呢。」

「不一樣，在下不是屍賊！」張紀昂不想和狂屍相提並論。

「在我看來，愛兵如子沒有不同。」

張紀昂原先認為狂屍為長生不擇手段，但皎天的做法完全與長生沒有關聯，反在那個視如血仇的怪物身上看自己的身影。

奧莉嘉噗哧一笑，蘇我也跟著哈哈大笑。這讓張紀昂想起那晚在祈禱室許諾的話：倘若他日真遇上誠心悔改的狂屍，在下必定慈懷以報。那是在奧莉嘉信仰的真主前發下的誓，兩人還拉過勾勾，雖然張紀昂不信真主，不過答應了奧莉嘉豈能反悔。

他懂得奧莉嘉的笑容，但蘇我的笑又是怎麼回事？

蘇我吹著指頭，意有所指地說：「別以為隔了一層帳幕就沒人聽見說了什麼。」

「聽見什麼？」張紀昂趕緊問。

「問心無愧的話，何必緊張。」

「你怎麼可以偷聽別人說話！」

「喂，你就能站在小甜心背後偷窺，沒道理妾身不行在祈禱室外徘徊休息。」

張紀昂抽著臉，暗忖蘇我那晚果然在外窺視一切。讓人瞧見跟一個少女拉勾勾的模樣，張紀昂光想就抬不起頭。

奧莉嘉莞爾道：「要善待投降的人。」

「前提是那些狂屍真要誠心悔改，不再為禍，否則在下也無能為力。」

皎天自殺後，身邊跟著狂屍確實都遵照他的遺言放棄抵抗，可是面對三千狂屍，誰能真的相信他們會心悅誠服。

「真主面前立誓不可違背。」奧莉嘉說。

「在下是答應過姑娘這件事，但以在下現在的身分，似乎沒有向總兵大人置喙的餘地。」

「真主之前，善心不分大小。」

「只要那些狂屍不做亂，在下肯定力保他們安全。」張紀昂姑且答應下來，忖若狂屍出現異心，李總兵自有收拾的手段。

蘇我抱著刀笑道：「小甜心是擔心淮軍會不分青紅皂白。」

「蘇我先——小姐，你這話未免過分了，淮勇雖起於義兵，領兵者多有粗莽，但人家說：『君子一諾，當值千金。』別的營官在下不敢保證，但李總兵肯定重守承諾，他既應承皎天，必然守信用。」

「好啦，說個一句你嘮叨沒完，傷口都不痛了？」

「說起來，已經覺得舒坦不少，大概能下床走路了。」

蘇我對奧莉嘉笑道：「不愧是小甜心，連這麼重的傷都能一下子治好。不過你別太勉強，舊傷在前，新傷在後，若還要跟昨天一樣不要命的打，你真會沒命的。」

「比起這個，在下很擔心錫城會發生騷動，畢竟屍賊亂了十年，從未有過投降之舉。恐怕李總兵一時也未想到如何處置。」

「那些狂屍倒是很安分，一整晚沒出亂子，但按你們的想法，殺得乾淨最痛快簡潔了。」

「哼，要是貴國出現屍賊，不曉得你們怎麼應對。」

蘇我沒有逃避這個難纏的問題，「的確，我國現在也亂糟糟的，在那種情況下武力解決是簡便的方式。不過用暴力解決問題最後還是會被暴力吞噬。」

「這口吻倒很像奧莉嘉。」

「當然了，雖然我們信仰不同，但妾身可是帶著善意送狂屍成佛。」蘇我甜滋滋地笑。

張紀昂想到蘇我俐落冷酷的刀法，完全無法跟奧莉嘉的形象相合。

「蘇我先——姑娘，在下還有一事不解，上一回見你使刀迸出閃雷，昨天卻又變出火焰，那是何種法術？」

「奉勸你長點記性，稱呼這麼多次了還不懂禮貌。話說回來，人家本來以為你會更早發問呢。」蘇我坐到床沿，挨著張紀昂的身子問：「是不是很感興趣啊？」

明知蘇我也是男兒身，但他的氣味竟飄盪著女人的嫵媚，張紀昂不禁害臊，偷偷往旁邊移了點，免得與蘇我過於親密接觸。

「這是北辰五行流，簡單來說是雷火水風空五行加上一刀流劍法，要想成為師範，至少得掌握雷火水的三行。人家稍微厲害一些，掌握了四個，再上去就可以當掌門了。」蘇我察覺了張紀昂的小動作，故意挪動身子，一張艷麗的臉都快跟張紀昂碰在一起。「若不用本門特別打造的『北辰劍』，很快就會變成破銅爛鐵，妾身的不動尊你是見過的。」

張紀昂故作鎮定，說：「這似如開通靈識，不過細想實際用法差距甚大。」

「妾身這劍法可有沒辦法喚神，那種方法太折壽了，妾身還想多活一陣子，好好欣賞這個美麗的世界。」

「若天下不太平，長壽又有何意義。」

「你這種堅定信念的模樣真讓人喜歡。」

就在張紀昂以為蘇我要吻來上時，奧莉嘉捧了一碗藥，吩咐道：「半小時喝一次，總共四份。」

「人參跟黃耆的味道……妳什麼時候學會熬中藥了？」張紀昂聞著藥碗飄出的熟悉香味。

「一個老先生師傅教的，可以養『疲憊』。」

「『疲憊』？」張繼昂忖奧莉嘉應是錯念了脾胃。

「唉呀，瞧瞧妾身的記性，都忘了要去洗馬，小甜心要跟一起去嗎？」

「嗯。」奧莉嘉露出小孩子般的微笑。

看見那稚嫩的神情，張紀昂才想到昨日在戰場所向披靡的奧莉嘉還是個風華正茂的少女。

兩人比肩走出營帳時，張紀昂羞怯地說：「那個，奧莉嘉，謝謝妳救了我。」

這個行為遠遠打破他從前的設想，原本立志要把外國傭兵當成不往來的競爭對手，卻兩次在看似柔弱的少女手中獲救。儘管內心充滿矛盾，但張紀昂也承認不像以前那樣討厭傭兵。

不管是對善良慈愛的奧莉嘉，還是凜然和藹的哈勒，這些人都跟以前所想不同。

「呵呵，真是不坦率的人，不過這也是你可愛的地方嘛。」蘇我朝他揮了揮手。

兩人前腳剛走沒多久，哈勒後腳便來，張紀昂方躺下，隨即又起身迎見。

哈勒擺擺手，要張紀昂繼續躺著，笑道：「受了這麼重的傷，已經能談笑自如，身體素質果然不同於人。」

「這都得感謝奧莉嘉的幫忙。」

「如果沒有強大的求生意志，是無法從那樣的傷快速恢復的。」

「在下還想趕緊上場殺敵，報效朝廷。」

「不過此時最重要的問題不在與狂屍作戰，而是如何處置狂屍，雖然狂屍曾經是平民，但這個狀況很難用平民的方式安置吧。」哈勒點出癥結。

「是的，自屍賊亂起未曾有過此例，老實說在下非常訝異，狂屍竟會受人感召而降——實在是聞所未聞。奧莉嘉……她看起來似乎沒有煩惱，只是不愛說話的少女。她像是沒有見過世間險惡，也對，正是沒見過人間之惡，才有辦法相信普世之善，才能感化暴戾的狂屍吧。」這些日子來張紀昂覺得世上再無像奧莉嘉這樣充滿純潔純善的人，也唯有如此才能淨化狂屍。

「孫起，容我進行糾正，奧莉嘉並非一朵溫室花兒。」哈勒輕輕搖頭，似要搖散張紀昂的推論，他語重心長笑道：「事實正好相反，奧莉嘉見識過人間煉獄。」

若不是哈勒給人誠懇踏實的印象，張紀昂一定會以為這是天大的玩笑。殺過人的會眼露精光，睒著笑也透著一絲戾氣；若是那些因戰火而流落的氓民，無不眉頭深鎖，眉宇蘊藏對世道的憎恨。這些都是張紀昂親身經歷，也親眼所見，然而奧莉嘉身上沒有分毫不善的氣息。

哈勒讀懂張紀昂眼裡的狐疑，娓娓道：「那孩子的家鄉位於列強必爭之地，局勢十分動盪，再加上奧莉嘉出生於被政府歧視的民族，十年前爆發戰爭時，政府軍藉故進行種族清洗。當我受真主派遣的使者啟示找到奧莉嘉時，她坐在血泊中發楞，家人與族人屍體遍佈周圍，身旁充斥著人間最悲傷的哭聲。但奧莉嘉沒有流淚，抑或是過於恐懼而失去知覺。」

張紀昂蹙眉，深思奧莉嘉的故事，似乎從她平日的沉默裡找到端倪。

「後來我牽著奧莉嘉冰冷的手從山谷走到海岸，看見了上千具穿著盔甲的屍體，讓人難以置信那是一個柔弱的小女孩做的。奧莉嘉是真主賜福之人，擁有極強的力量，但她很單純，面對莫名襲來的惡意感到害怕，因而失控。」

「保護自己鄉人而戰並沒有錯。」

「是的，這是很直覺的事情，可是暴力只會引來恐懼，恐懼則會滋生更強大的暴力。」

「蘇我方才也說過類似的話，她肯定也聽你說了不少聖課。不過難道被欺負，甚至是生命受到威脅了，也任人宰割？抱歉，請繼續說。」張紀昂意識到自己激動，連忙止住情緒。

哈勒不在意張紀昂插話，夾著胸前的魚形銀鍊子，溫和地看著他道：「『凡流人血的，他的血也必被人所流。』正因如此，寬恕一個人很難，寬恕一個傷害過你的人更難。」

「這還有些佛說輪迴的味道。」

哈勒淺淺一笑，「後來我帶奧莉嘉回去修道院，另一方面也為杜絕政軍府追殺。」

「莫是想要將她當作兵器？」

要是能控制奧莉嘉那身可怕的力量，在戰場上絕對是神兵利器。

「帝國有句古話：『水能載舟，亦能覆舟』，端看用者心思。」哈勒不否認那些政府高層的意圖。

「當然了，刀刃傷人，非刀刃之邪，乃人心之惡。」張紀昂問：「只是經歷這麼多事，奧莉嘉她……真能夠不帶任何一分恨嗎？」

「奧莉嘉是個純真善良的孩子，對於善惡的理解並非能用常人價值觀來衡量，她會為所有的死亡送上誠摯的哀悼，為所有人的不幸而哀傷。」

「但在下認為李總兵不會想見到替屍賊哀悼的盟友。」

「是的，儘管奧莉嘉無法理解這層涵義，我會盡力避免這尷尬的問題發生。」

張紀昂不希望在表彰戰功的正式場合上看見奧莉嘉說出讓人汗顏的話，但這個場面卻極有可能發生。

「比起我們這些外來者，關於帝國禮節及禁忌方面的事，要請你多多幫忙。」

「我欠她兩條命，若護不住她，還有什麼資格當頂天立地的大丈夫。」張紀昂嚴肅的語氣像是在起誓。

哈勒欣慰地頷首。

此時帳外傳來一陣急促步伐，人未至聲先到，慌張的聲音高亢喊道：「大事不好了！」

滿頭大汗的士兵探頭進營帳，氣喘吁吁地說：「戈登少校、淮軍殺人了——不對，是殺狂屍啦！」

「李總兵豈可能出爾反爾！」張紀昂臉色大變。

「是真的，剛才我們幾個進城幫忙，就看見淮軍忙著調兵到午門，然後各營便傳開要燒殺狂屍的事情——但這不是流言啊，真的要殺了，狂屍住的營房全都點了火，奧莉嘉小姐跟蘇我上尉知道後就連忙過去——」

「奧莉嘉沒事吧？」張紀昂擔憂地喊道。

「戈登少校您快過去看看，不然我怕蘇我上尉也拉不住奧莉嘉小姐……」那名士兵憂心忡忡地說。

張紀昂趕緊下榻穿鞋，披起衣裳。

哈勒制止道：「你身體尚未康復，先留在這裡休息。」

「在下可不能躺在這裡等消息。」張紀昂不聽勸阻，風風火火奔出營帳。

見張紀昂上馬奔馳，哈勒也連忙追上去。

張紀昂不相信李總兵會食言，這其中必有誤會。

遠遠已能看見城裡冒出煙霧，至少有十處起火點，且全集中在狂屍聚集的西南城一帶，證明那名士兵所言不假。兩人一前一後躍過城門哨口，一路馳騁至狂屍集中地，數百名雄赳赳的親衛封住所有出入口，還有各營看熱鬧的在外頭圍觀。

這些人並不認為此舉有問題，反倒興奮地聽著狂屍在火中掙扎的聲音。

一隊親衛用長槍指著試圖衝入火場的奧莉嘉，留著小鬍子的隊正厲聲警告道：「奉總兵之命，任何人不得入內，否則一律當通敵，格殺勿論！」

「如果你還有點記性，應該知道就算再來五百個人也檔不住小甜心一根指頭。」蘇我說。

「此乃總兵大人的命令，若你們硬要擅闖，休怪我們無禮。」

「把兵器對著淑女是非常沒有禮貌的事情，妾身也奉勸你們放下武器，否則就換佛祖教你們如何做人。」蘇我一手擋住奧莉嘉，一手握住刀柄。

「你們昨日還跟屍賊拚死搏鬥，那小姑娘還彈指殺了上百屍賊，怎麼現在又換了樣。」隊正狐疑道。

「我們可不是為殺而殺的瘋子。」

張紀昂跟哈勒急忙衝到他們中間，隊正見是常勝軍指揮官，便改用軟化的語氣道：「戈登先生，我們是奉命行事，希望您的人別難為我們。」

哈勒不打官腔，嚴肅地看著隊正身後的熊熊大火問：「我記得昨日李總兵和皎天的協定不是如此。」

「這、我也不清楚，一早便得令封鎖屍賊區，我們弟兄都是聽令辦事。」

奧莉嘉皺眉道：「為什麼違反約定，明明說好接受投降的。」

奧莉嘉語氣雖然冷靜，但張紀昂隱然感到一股不妙的氣息，如同平靜無波的海面暗濤洶湧，隨時捲起大浪。

「廢話少說，立刻開門放人。」蘇我瞪著隊正道。

「除非有總兵大人的命令否則不得放行，再說了這時候若放屍賊出來……」隊正緊張地瞅了火勢一眼，裡頭被逼急的狂屍要是出來了，定是大開殺戒。

覆水難收。這時候沒有任何方法能阻止這場紛爭。

但奧莉嘉才不管任何理由，她只知道這些淮軍正在大殺特殺，眼裡逐漸盪起漣漪。

「看好奧莉嘉。」哈勒向蘇我吩咐道。

「喂，你們說話這麼沒誠信，這樣以後還有誰敢跟你們投降？」

「納屍賊的降本身就是錯誤，那些怪物縱是降了，也只會添亂，燒了才叫通體舒外。」銅鑼般響徹的聲音穿過嘈雜的群眾，傳到眾人耳中。昨日最反對皎天投降的劉三省跨著大步走來，身後還著戴著十多個強壯的護衛。

「『君子一言，駟馬難追』難道李總兵已經不是君子了嗎？」哈勒仍努力保持心平氣和，只是聽著屋內發出的嚎叫聲，他只能緊捏著魚形銀鍊子忍住情緒。

「跟屍賊豈有道義可談？戈登先生，你是洋人，恐怕不知道這幫屍賊如何糟蹋帝國國土，我承認你們仗打得不錯，但帝國的內務事你們遠遠無法理解。」

「確實啊，兩面三刀，說一套做一套真是很難理解。那個號稱禮儀之邦的泱泱上國，看來也隨著歷史風化了。」

「你這廝莫把話說過頭。」

「如果這樣還嫌不夠客氣，妾身也沒辦法。」蘇我用拇指輕輕推刀，對著劉三省冷冷一笑，

「要是你真的不懂禮儀，妾身當仁不讓教導教導。」

劉三省雖橫，不過蘇我的實力擺在那，也不願再得罪。再說本來就是淮軍毀約再先，因此劉三省也不多說。

蘇我罵得帶勁，卻改變不了現況，那些撕心裂肺的哭嚎逐漸消失在逼剝火聲中，空氣漫著腐惡焦味，聞者皆忍不住作嘔。

奧莉嘉直盯著劉三省，毫不掩飾心裡的難過、失望、惱怒。張紀昂看見了奧莉嘉更人性的情緒，沒有純白無瑕的羽翼，沒有一襲純潔無垢的白衣裳，而是做為一個充滿關懷的普通少女。

只是當奧莉嘉情緒變異，真主賜福的力量也在祟動。

張紀昂捉住奧莉嘉因生氣而體溫上升的手，向她輕輕搖頭，可是這舉動讓奧莉嘉抿緊了唇，掙開張紀昂的手。

「你也覺得他們是對的。」奧莉嘉淡淡地說，聲音輕得一下就讓火吞噬。

張紀昂則聽得一清二楚，這話深深扎了一刀。他不想讓奧莉嘉誤會，只是捫心自問，他確實如奧莉嘉所講。

這時劉三省注視著張紀昂，端詳了一陣發出喟嘆道：「張紀昂！昂字營不是被山苗殺滅了嗎，你怎麼會在這裡？」

昂字營全營慘遭狂屍殲滅後，整個淮軍都以為張紀昂也成了戰地裡難以分辨的爛肉泥堆。但沒人知道張紀昂被常勝軍所救，一直躲在這支傭兵部隊裡，連昨日力戰皎天他性命瀕危，仍刻意躲開，免得讓人認出來。

昂字營勇名絕冠，認得張紀昂的營官不少，特別是曾多次提攜他的劉三省。此時為怕奧莉嘉出狀況，他完全不顧這回事，但劉三省一番話讓他立刻扭開臉，可是要逃已經逃不了。其他兵勇聽說是張紀昂，紛紛投以好奇的眼神打量。

「張紀昂，你既活著為什麼不回來稟報！」劉三省捶著他的胸膛，激動地說：「我以為你早被拖到地獄啦，你這王八羔子，活著還要藏著掖著嗎？」

劉三省無法理解張紀昂怎麼肯屈在常勝軍，畢竟他們同樣不喜歡外國傭兵。

「劉大人，在下敗軍之將，豈有顏面回來……」

「你可讓總兵大人想破頭，敗了就敗了，何懼之有！」劉三省幾乎是用揍的捶張紀昂的肩膀。

哈勒見狀便說起當日奧莉嘉在戰場救了垂死的張紀昂，以及張紀昂自願待在常勝軍以求立功再找機會重返淮軍之事。

「總之，請李總兵跟我解釋這個情況，若提不出正當理由，我們常勝軍絕不能協助濫殺無辜的行為。」

聽到哈勒把燒狂屍說成濫殺無辜，劉三省忍不住笑了兩聲，旋即回覆道：「行，定把你的意思傳達給總兵大人，只是希望諸位莫要再管這裡的事。」

「誰要在這裡看你們的罪行，小甜心，我們走。」

奧莉嘉卻不離去，她默默走到欄柵前，在胸前比劃十字，雙手緊握詠唱起哀悼的歌曲。

「喂，不准靠近——」

「你們要是敢膽阻撓小甜心一步，妾身送你們提早入六道輪迴。」

「好了，只要他們不放屍賊，任由他們去。」劉三省向哈勒抱拳道：「戈登少校，請跟我來，還有孫起，你跟我們一起去見總兵。」

「可是——」

「若你還在自認是昂字營營官，就別磨磨蹭蹭。」

張紀昂忖該來的躲不掉，只是沒想到會是這樣的情景。他還想追向失望的奧莉嘉做解釋，但劉三省孔武有力的手緊緊捉著他不放，定要他會見李總兵。

哈勒便讓張紀昂跟著，於是張紀昂只好眼睜睜看著奧莉嘉的背影離去。

※

回到常勝軍營地時，張紀昂仍忖這個決定做得對不對。

李總兵給哈勒的解釋是，狂屍桀傲難馴，縱然因一時敗陣而降，以他們的戾氣與危險性來看，會成為龐大的不穩定因素。再者軍隊必須繼續推進至天都，不可能留下大量部隊看守投降狂屍，若留守兵勇不足則腹背受敵。

為省下不必要的麻煩，李總兵才先下手為強。而且在帝國看來，狂屍根本不是人，不配談投降，就算降了也沒有相應的配套措施。

因此這不只是李總兵的個人主意，也是帝國高層一致的想法。

哈勒雖然表示不滿，但也不能反駁李總兵說的「危險性」，再者他的身分始終是外人，只管達成殲滅狂屍的任務，無法對帝國高層的旨意置喙。只是他重申立場，希望李總兵上書朝廷，擬定未來接納狂屍降兵的可能性。

「戈登先生，比起那些飽受摧殘的百姓，你似乎更在意狂屍。」李總兵身材不高，但目光精銳。

「我衷心期望貴國能更遵守諾言，避免我們洋人誤會貴國對其他的事情也會說話不算數。」哈勒說。

「這個自然，只是狂屍一事，希望戈登先生莫多追究，你們確實很會打仗，但有些事情遠比打仗麻煩。聽說西方曾經打過兩百年的宗教戰爭，想必更明白為了自己信仰、為自己所珍重的事物上戰場的意義。」

「是的，我們雙方為彼此信仰而戰，也保護那些放下兵器的人。」哈勒向李總兵鞠躬，結束談話。縱然不滿淮軍的行為，哈勒卻也反駁不了他們的考量。

說完狂屍的事，李總兵把目光轉向一直待在哈勒身旁逃避視線的張紀昂。

「昂字營乃我軍精銳，全歿於敵手不只我深感痛心，連聖上、太后也降旨恩撫，過陣子還要替昂字營操辦風光的衣冠塚。」李總兵先表彰張紀昂的英勇，接著斥責道：「孫起，你身為營官，藏匿隱逃，該當何罪？」

張紀昂撲一聲跪下，抱拳道：「屬下無能，不敢前來見總兵大人。」

「起來吧，那日豈能怪你，要是能早點去，也不至於痛失一支勁旅。」李總兵瞥著哈勒，接著盯著張紀昂：「你雖逃亡不報，但念你忠膽，也時時不忘報效朝廷，我手邊正好缺個人，你回來任職。」

這正是張紀昂待在常勝軍的目的，他無時無刻都夢著，但他卻猶豫了。

劉三省急著說：「等什麼，還不謝過總兵大人。」

「屬下——」

「請慢，總兵大人，我希望這幾日先讓孫起待在常勝軍。」

「戈登先生，常勝軍是傭兵，但張紀昂可是我們的人。」劉三省說。

「謝謝你的提醒，只不過張先生已與我簽訂協議，總兵大人熟知外國事務，應該知道我們非常注重契約。」

哈勒此話並非信口開河，當初讓張紀昂隨軍作戰的條件就是得服從指揮官命令。

「哼，你唬誰，孫起最厭惡洋兵，怎麼會與你簽什麼協議？」

張紀昂起身拜道：「總兵大人，戈登少校說的沒錯，當日屬下為了立功洗刷屈辱，私自與戈登少校達成協議，待攻下陵州後才帶功回去向大人負荊請罪。」

劉三省正要駁斥，李總兵哼了一聲，淡淡地說：「這番考慮未嘗不對，只是爾後若有此事，希望你速報本官，莫讓聖上、太后為此煩憂。還有一件事，既然都活著，便要想活著能幹的事，莫要糾結前塵。」

張紀昂眉頭一抽，趕緊正色向李總兵道謝。

雙方達成某種程度的協議後散會。

回去的路上，哈勒莞爾道：「如果你願意，常勝軍很歡迎你久待。」

「你說在下是不是中邪了，居然拒絕李總兵的好意，在下明明日思夜想回去的。」張紀昂低著頭看著因馬兒徐徐走動而緩緩起伏的地面。

那身落寞與先前意氣風發大相逕庭，包含了許多複雜情緒。

張紀昂把頭偏向另一邊，避開哈勒充滿關懷的眼神，他支支吾吾地說：「劉大人說的那些話在下深感抱歉，先前在下確實……但在下現在絕無這種想法。」

哈勒欣然接受張紀昂的解釋，「人對於不熟悉的事物常感到困惑，困惑便會產生防備，甚至出現敵意，有時我們伸出善意，發現對方也只是同樣因不熟悉而武裝自己。孫起，不管你以前怎麼想，至少你現在已經接受我們。」

「因為奧莉嘉……」張紀昂用只有自己聽得見的聲音說。若不是因為奧莉嘉，恐怕張紀昂永遠都會對他們保持陌生。這無關哈勒為人好不好，亦無關常勝軍紀律分明、戰力卓越，一切看法的改變皆來自和奧莉嘉的點點滴滴，是那個怪異而純真的金髮少女轉變了他。

哈勒似乎明白，卻只是點頭不語。張紀昂寧願哈勒繼續保持這個樣子，不要過多探討。

漫步回營帳的路上，張紀昂碰見蘇我，蘇我那身暗紅色而花紋艷麗的袴在常勝軍中太過招搖，想認不出都難。

「奧莉嘉還好嗎？」

「嘖嘖，聽到你這話妾身就不好了，你以為發生那種事只有小甜心難過。」

蘇我軟綿綿的聲音酥麻張紀昂的聽覺。

「畢竟她年紀還小，在下怕她一時難以接受。」

「難道妾身已經到了被嫌棄的年紀了。」蘇我噗哧一笑，「她回來後一直待在祈禱室，大概想問真主為什麼姓李的背棄承諾吧。」

「你怎麼看？」

「不管怎麼說，殺降本來就不是光彩的事，先背信就會後棄義，這麼沒擔當連切腹的資格都沒有唷。」蘇我傾著頭望向張紀昂身後的營火，秀髮傾斜後露出細嫩的耳垂與頸子，幾根纏繞頸間的髮絲撥撩張紀昂的感官。

張紀昂別開眼睛，不知所措地盯著夜空，「總、總兵大人必須顧全大局，在下認為此舉雖不妥，卻是無奈不得不為。」

「他的做法雖然討厭，考慮的未嘗不對，或許能找到讓狂屍變回人的法子，這套亂麻就能解開了。」

「殺死洪秀媜，天下才會真正太平。」

「誰知道呢。人相信自己所想的，那麼事情再怎麼假都會成真。要逼自己不信反而痛苦，信了卻可以得到救贖，儘管那可能建立在踐踏別人之上。你可曾想過，狂屍為什麼成狂屍，如果從這方面著手，一定比浪費更多生命與時間討伐他們要來的有用處。」

「難道要去審問狂屍？」

對帝國來說，以武力殲滅太平狂屍，讓賊首洪秀媜伏誅便是解決狂屍動亂的根本辦法。去理解狂屍對帝國是個不可能的選項。

雖然狂屍中有像皎天那樣讓張紀昂服膺的，基本上狂屍仍是他的宿敵，必須除之而後快。這不只是他的想法，也是整個帝國的共識。

「已經不覺得愧疚了，還是原本就沒罪惡感呢。」

張紀昂意會過來，他急忙說：「在下絕非背義之人，只是能理解總兵大人的考量——」

「沒事。」蘇我慧黠地笑，用食指輕碰張紀昂的唇。

第四章　七十而七

烽火後的濃濃煙硝味瀰漫四周，宣示戰爭結束了。陵州城被數十門火炮轟得天崩地動，守將志王帶領最後四百狂屍全數戰死。

皎天自刎後，太平天國首都天都外圍防線的銅牆鐵壁猶如被鑿穿，加上淮軍得到自營製造廠新成的火炮以及調集各路人馬協助，幾乎包辦所有戰果，雖然常勝軍再次展現驚人火力與精準射擊，但大部分時候都在一旁等候指示。張紀昂是最賣力作戰的一個，連續十個時辰的追擊戰讓他體力澈底透支，天鐵斬馬刀也多處崩刃，終於擊潰志王率領的精銳狂屍，將他們逼回城內。

之後的攻城都與他無關了，他渾身臭血騎在馬上，疲倦地看著煙霧瀰漫的城池。淮軍欣喜若狂的聲響迴盪耳畔，張紀昂只是木然看著一切，慶幸志王沒有投降，否則他又要陷入兩難的選擇。然而志王也不可投降，錫城殺降的事早已傳到陵州，既然都是死，那些狂屍全都選擇負隅頑抗。

即使沒親身參與攻城，張紀昂也能感受狂屍視死如歸的意志多麼堅強，很精彩、以至於死傷慘重的戰鬥，也不難理解淮軍為何如此高興。

風拂起，流動了瀰漫燒焦味的空氣，難聞的氣味彷彿早已成為張紀昂的一部分，他不因而反感，也因為他早已看著城池入神，不在乎那個味道。他在嘈雜的噪音裡聽見熟悉的聲調，透著清澈溫柔，如一絲柔滑的絲綢，輕輕地安撫急躁的靈魂，讓他們消去怨恨。

刺鼻味裡有一股沁香，當張紀昂左顧右盼，卻沒人見到那抹身影。

「你失神了。雖然你的身體尚未康復，不過要躲開那種程度的攻擊不是問題。」蘇我指著張紀昂胸前新添的爪痕。

張紀昂搖搖頭，羞愧地遮住傷口，「在下應該佩服你的眼力，還是斥責你在戰場上分心。」

蘇我攤著雙手，嫣笑道：「瞧妾身可是毫髮無傷。而且要論分神，還不至於像你那樣大喇喇探頭探腦，彷彿要狂屍趕緊往你身上招呼。」

「說得未免太誇張了。」

「一點也不，你是不是在找小甜心？真糟糕，妾身應該更早告訴你小甜心一直待在祈禱室才對呢。」

淮軍的進攻非常順利，因此奧莉嘉沒有用武之地，何況奧莉嘉還沒忘記錫城發生的事。

「是嗎？」張紀昂假裝蘇我猜錯了，裝得一副不在意。

「這種蹩腳演技頂多騙騙小孩子。」蘇我伸了懶腰，手遮著打起哈欠，裝作意興闌珊的樣子說：「反正你不在意，也就不會有興趣知道小甜心發生什麼事吧，正好妾身也省下說廢話的時間。」

「奧莉嘉是在下的救命恩人。」

「好啦好啦，妾身知道你多在意小甜心。」

蘇我甩掉刀上的血，用腰間葫蘆裡的水細細清洗，再掏出一塊乾淨的棉布仔細擦拭。他笑道：「累了就去休息一會。」

「戰事急迫時，總兵大人可以連續三天不睡，在下豈敢喊累。」

「那位總兵大人可沒有你這麼重的傷，你真以為你的身體是神骨仙肉，金鋼不壞嗎？幸好這次不消你喚神，不然你肯定癱在床上一個月。」

張紀昂身體只恢復六、七成，陵州之戰又身先士卒，先前養好的傷又折騰大半。

「若有必要，在下寧願犧牲自己。」

蘇我皺著鼻子，嫌惡地說：「在那之前去洗個澡，你身上全是狂屍的臭血味。」

「反正人死後也是化作一坨臭泥。」

「起碼活著的時候乾淨些啊。」蘇我愜意的語氣彷彿正在大啖下午茶。

「這裡可是戰場，哪來閒暇沐浴。」張紀昂說。

「哈勒不在的時候妾身就是指揮官，現在你立刻去洗澡。」蘇我將張紀昂從馬上拽下來，他力氣很大，疲憊至極的張紀昂根本不是對手。

陵州城附近蜿蜒一條秀麗河流，淮軍各營的水皆從此汲來，張紀昂被蘇我拖到河畔清洗。

「若讓人看見了，在下會被說成怠忽職守。」

「在清點完陵州以前，你都還是我們的人，再說了，誰有資格指責一個帶著傷還立下輝煌戰功的笨蛋。」蘇我掬起一把水潑向張紀昂。

張紀昂楞問：「你怎麼會知道，難道是哈勒——」

「別懷疑哈勒，他跟某些不守承諾的人不一樣。想挖掘祕密不難，只是看你懂不懂技巧，想知道你那點事不消太費力氣。」蘇我脫掉鞋子，把腳泡在河裡，「你真的要回去了？」

「當時確實是這麼跟總兵大人說的。在下本來就是淮軍的一份子，周轉千里，終歸回去。」

張紀昂索性脫掉髒污的衣服，露出結實而佈滿疤痕的身體，浸泡在河中。

「喂，不把褲子一起脫了？」

「這不好吧……在下這樣洗就行了。」

「為什麼？」蘇我抱著白皙的腿，將頭輕輕斜壓膝上，綻著一抹艷笑。

「因為，這還用問嗎，你在這裡我怎麼能——」

「哦，這麼說來你把妾身當成女人囉。」

張紀昂紅著臉說：「你說你是女的，那就是女的吧。」

「既然妾身說什麼就是什麼，你還不脫。」

張紀昂把身體浸到河中，搖頭道：「這樣泡舒服點。」

他別開頭，望見常勝軍營帳，祈禱室則位於一堆營帳中央。從殺降一事發生後，奧莉嘉對他冷淡許多——儘管平時奧莉嘉就一副冷冷的表情，但張紀昂明顯感受到她的情緒變化。

張紀昂把頭轉回來，試圖想詢問蘇我，蘇我卻噘著嘴說：「你怎麼看著我心裡還著別的——事情。」

「沒有——」

「是沒有看著妾身，還是沒有想著別人。」

「都沒有。」

「這麼不坦率不行，雖然這就是你可愛的地方。」蘇我起身走下河裡，游到張紀昂身旁。

蘇我離張紀昂還有一段距離，張紀昂卻覺得緊張，不停自忖跟男人相處為何會心裡會有這種波動。可是蘇我秀髮烏麗，皮膚白裡透紅，姿態嫵媚動人，哪一吋不像個美麗的女人。

那一刻張紀昂以為自己在作夢，不過一看到蘇我濕漉漉露出的平袒胸前夢便醒來，回歸現實。

張紀昂洗了把臉，讓自己更清醒些，接著緩緩游上岸。

「你不想回去。」蘇我點出他的矛盾：「心裡罣礙著某些事情是走不了的。」

「在下也弄不清是什麼。」張紀昂坐到地上，打著哆嗦，強烈睏意侵襲。他太累了，從昂字營遭滅那日起他就沒睡過一個安穩的覺。唯有不停打仗，不停手刃狂屍，才能稍稍平息他的罪惡感。

蘇我也上岸，陽光將他照耀生輝，渾身閃爍晶瑩光芒，淋漓水珠自髮梢滾落眉間，英挺的鼻樑，鮮嫩的朱唇。奇妙的感覺再次拉扯張紀昂的感官，濛濛睡意中宛若看著一個姣好柔媚的女子趨步向前。

「你對帝國的命令感到困惑，開始動搖。」

「在下對朝廷忠心不貳。」張紀昂堅表忠心。

「可是你表現出來的不是這樣。小甜心讓你逐漸改變對狂屍的看法，重新省思太平天國的存在。這不是壞事啊，人一旦開始思考，就能更敏銳去看周遭發生的事，只是那樣也很痛苦，不知者不知而幸，知者——呵呵。」

蘇我輕笑兩聲，令張紀昂深皺眉頭。

張紀昂像被抽走脊隨，癱軟躺在地上，但鵝卵石地難枕，他卻如躺在一張柔軟的床。實際是蘇我的腿，不過張紀昂也懶得掙扎。

「你總讓妾身想起一個人，不對，你跟他不同，他沒你這般好。」蘇我溫柔地按著張紀昂的太陽穴，一路往肩膀按壓，放鬆他累積多時的壓力。

「你為什麼加入常勝軍？」

「妾身是來送狂屍成佛。」蘇我笑道：「妾身來自非常古老的家族，除了妾身的娘大家都說妾身是異種，腦子有邪魔。外面人說說就罷了，關起門也不用在意，但被親人當面批評心裡可就不容易過去。娘替妾身綰漂亮辮子時總說：『白衣大士也是由男化女，所以小代很有佛緣。』大概是在比小碧還大一些的歲數吧，妾身的爹看不過妾身穿女裝出來見客，氣得要剪掉頭髮，那是妾身第一次見到娘對爹發脾氣的樣子。」

「蘇我小姐的母親很通情達理。」張紀昂皺眉道：「若有人對蘇我小姐不禮貌，在下也會挺身而出。」

「你不覺得妾身奇怪？」

「那是你的選擇，又不妨礙人，他人憑什麼置喙？」

「可惜不是每個人都想的這麼通透。包括妾身在內，也曾質疑自己是不是邪佞，但那都是過去的事，現在妾身不再為此煩心。」

「這應該不是你加入常勝軍的理由？」

蘇我側躺在張紀昂身旁，用手托著臉，一陣馥香繞著張紀昂鼻間。

「呵呵，你也許知道妾身的國家正亂成一團？」蘇我見張紀昂點頭，柔聲道：「妾身在道場時結識一位尊王派，後來便脫離家中參加刺殺幕閣底下大臣的行動，妾身的不動尊沾滿洗不盡的血。然後，遇見了一個讓妾身日思夜盼的男人。」

提到那個男人時，蘇我不禁微微皺下眉頭。

「他——對你不禮貌？」

「倒不是他，對妾身好極了，我們是同鄉。前濱戰爭結束後，妾身隨他回鄉加入由公卿主導的尊王天誅，卻想不到他——確實是想不到的，他竟陣前變節，參加的人大多死了。妾身殺出血路，但家是回不去了，只好流亡海外，憑這身劍法餬口飯。」蘇我說完抿著唇，隨即又綻著美麗的笑容。

「你不恨他？」張紀昂最厭惡這種小人。儘管蘇我口氣平淡，他則聽了一肚子火。

「恨成業果，業就還不完。可能那種情況下他的作法才是明智的，如你般固執反是不智，但其中道理誰說的清？興許如妾身的爹所說：『陰陽顛怪，必遭報應。』」

「在下為解萬民之苦，不怕肝腦塗地也。只恨周全不了昂字營弟兄的命……」張紀昂嘆了聲，索性不想那些事：「至於蘇我小姐莫也要說因論果，你便是你，若有人欺侮你了，只管告訴張紀昂。」

「有你這句話，便好。」蘇我起身，笑靨如花，「若你不想走，就別走。」

「不是在下想不想走，而是必須走。」

「天下之大，又豈止一個地方，想走，不愁沒地方待著。」

天下雖大，張紀昂卻沒這般想法。

「呵呵，你回去也好，否則待在常勝軍可沒仗打了。皎天自刎、陵州打下了，帝國已經用不著常勝軍。」

從近來幾場戰事便能看出淮軍逐漸擺脫常勝軍幫助的端倪，勝果將由帝國軍隊全盤接手。

「看來也不需要在下。」張紀昂嘆氣。

「李總兵打天都用的上你這人才，那就不是妾身這些外人能插手的事，比起狂屍，那些暗處的爭鬥更加醜陋。」蘇我輕按著張紀昂的風池穴解壓。

奧藍天穹沒有一片雜雲，一直盯著似乎能看穿，直達某個神祕深奧的境界。

※

「妳怎麼在這裡？」

張紀昂驚訝地盯著拿一袋紗布的奧莉嘉。

「療傷。」奧莉嘉用眼神示意他躺好。

「在下不是躺在河岸……蘇我人呢？」張紀昂發現這裡是他平時就寢的營帳，蘇我早不見蹤影。

「代哥帶你回來就進城了。」

「代哥……」聽到奧莉嘉對蘇我的稱呼，破滅河岸綺麗的畫面。

「你傷得很重，下次再這樣逞強真的會死。」奧莉嘉輕聲訓斥道。

「不會，在下還要留著這條命。」張紀昂看著奧莉嘉潔白的側顏。

「臉上有東西？」

「沒有，在下只是在想妳是否還在生氣。」

哈勒說過西方人相當注重約定，特別奧莉嘉是真主賜福之人，所做約定皆以真主之名起誓，更難原諒背棄信義。

從那天發生事情已經過了半旬，兩人幾乎沒講上話，奧莉嘉突然變得很忙，雖不是腳步匆匆，但張紀昂總是追不上——也許是因為心有愧疚而不敢加大步伐——一眨眼那頭金黃飛瀑就消失眼前，只餘留那抹熟悉的香甜。

雖然蘇我說最近有個重要日子將近，因此奧莉嘉進入祈禱室的時間才更加頻繁。

「生氣改變不了你的行為，彌賽亞說：『要寬恕七十個七次。』」

「四百……九十次？什麼意思？」

「就是真主會寬恕你。」奧莉嘉不像哈勒能侃侃解經，一時也解釋不清楚。

「那妳呢？」

奧莉嘉眼睛骨碌碌轉了一圈，思考著張紀昂的話，她一直都是單純的直腸子，這是張紀昂第一次見到她思緒停頓。

「你遵守諾言，可是心裡失約。」

「妳怎麼看得見在下心裡想什麼？」

「很多很多。」奧莉嘉凹著指頭，像在計算看見的東西。

「妳認為在下是好人嗎？」

「是。」

奧莉嘉水汪汪的眼眸凝視著張紀昂，彷若一張網緊緊攫著。

「基於什麼標準評斷？」

「很多很多。」

張紀昂忖也許因為奧莉嘉覺得他是好人，才會繼續幫忙治療。但奧莉嘉不分死者是誰，都會誠心唱念哀悼之詞，對於任何傷者也是盡力救治。

「好人有很多種，你是笨的那種。」

「嗄？」

「代哥說的。」奧莉嘉露出彎彎的微笑。

怪不得這話一點也不像奧莉嘉的口吻。

「哈哈，在下確實不聰明，連個秀才也考不上。」

不過奧莉嘉指的明顯不是科舉跟讀書的事。

「總之，妳已經不怨恨在下了吧？」張紀昂再確認一次。

「你是帶罪的罪人，只有真主可以審定你的罪，雖然有罪，因為彌賽亞跟真主的愛原諒你。」奧莉嘉說得並不流暢，像是臨時強背的說詞。奧莉嘉太純真，開心就是開心，生氣就是生氣，如極高效的試紙一驗便知。

張紀昂似懂非懂的點頭。

經奧莉嘉治療，張紀昂身體舒暢許多，一掃連日疲憊。

他凝視著奧莉嘉平靜無波的眼眸，想起哈勒說過那雙眼見過人間煉獄，儘管如此，眼裡依舊乾淨無雜。

「在下不懂真主和彌賽亞是何物，在下要的是妳的寬恕。」張紀昂無比認真凝視奧莉嘉。

奧莉嘉眨著發亮的眼眸，想回些話，努努嘴卻只發出輕微的氣息。

兩人互覷彼此，沉默地彷彿抽乾營帳內的聲音。

反是張紀昂尷尬了，忖說錯了什麼話，不然空氣怎麼會如此凝結。

「孫起，大消息！」哈勒匆匆走進營帳。

哈勒打破凍止的氛圍，張紀昂嚇得往後躺，後腦杓重重撞到床板。

「什麼？」

「城內發現活口了。」

「活的狂屍嗎？」張紀昂連忙坐起身暗叫不好，淮軍毫無防備入城，若遭伏擊肯定損失慘重。

哈勒拍著手笑道：「人，感謝真主，我們找到貨真價實、活生生的人。」

張紀昂頓時驚訝地說不出話。他征戰十年，打下許多狂屍治下的城鎮，卻從未見過一個活人，也難怪素來穩重的哈勒這麼興奮。

太平天國攻佔之地，百姓不是成為狂屍，就是被迫流離，至今還有百萬流民成為帝國的棘手問題。

「奧莉嘉，妳應該去看看的，有好幾百人呢。」

奧莉嘉頷首，白淨的臉龐浮起喜悅的紅暈。

看到奧莉嘉的微笑，張紀昂舒坦不少，問：「總兵大人有什麼指示嗎？」

「已經通令各部安撫。孫起，這可是個大發現。」

沒錯，張紀昂喃喃道，都說狂屍殘暴不仁，所到之處白骨累累，現在既找到活口，便說明狂屍並如想像的殘虐。

「那些人可有異徵？」

「我跟蘇我上尉去看過了，沒有任何轉變成狂屍的跡象，而且營養良好，只是情緒有些焦躁。」哈勒知道張紀昂擔心的問題。

「照此說來，陵州附近也許還有其他活口？」

「嗯，很有可能，我已經建議李總兵派人四處搜尋。」哈勒突然皺起眉頭，「只是李總兵似乎對這件事不太關心，他更想趕快進行補給，盡快和挺進天都的湘軍合圍。」

「說的是，陵州破了，天都如入囊中，恐怕大家的心思都在搶爭最後的功勞。」

「淮軍已經不需要我們的火力，因此我打算把常勝軍調派至後勤搜索。」

「總兵大人同意嗎？」

「他並不反對，只是要求找到人後交給淮軍，讓淮軍造冊歸籍。」

「這、你答應這個條件？」

「哈哈，你是擔心功勞都讓給淮軍嗎？」哈勒莞爾搖頭，「我們來帝國的目的是剷除宣揚異端的惡魔，至於爭奪這些功勞不是我們的使命。」

張紀昂忖，常勝軍本就是傭兵性質，不提哈勒幾個高級幹部都是以宗教使命而來，底下大部分士兵都是奔酬金來的，只要不拖欠薪餉，誰也不會有異議。

「什麼時候出發？」奧莉嘉問。

「愈快愈好，等等收拾好就能開始行動。」

「戈登先生，請讓在下一起去。」

哈勒皺眉看著他，提醒他不要使用尊稱，接著笑道：「我當然歡迎你加入，只是半個月前你已經和李總兵定下約定。」

「在下與總兵大人約定攻下陵州，既然陵州尚有百姓可能落在狂屍手中，戰事便不算完。」張紀昂慧黠地看著哈勒。

「奧莉嘉，妳認為呢？」哈勒問。

「真主會原諒你的仁慈。」奧莉嘉在胸前劃了兩畫，露出淺淺一笑。

很真誠，而諷刺，似在嘲諷張紀昂默認焚燒投降狂屍一事。不對，奧莉嘉不會暗諷別人，是張紀昂感到混沌了。

李總兵會怎麼看他，又要如何面對提攜之情深重的劉三省。此時張紀昂不願想到淮軍，只做現在能做的事情。

※

哈勒把常勝軍編成三組，由於是單純尋找百姓活口，因此囑咐遇到狂屍不得交戰，立即撤退。雖然已殲滅志王的大部隊，但難保其他地方有殘存勢力，常勝軍人數本就不多，此時分成三部，一旦交戰肯定屈居下風。

張紀昂和奧莉嘉分在同組，前往搜索東北方向的村莊。

出發前蘇我在營外打趣道：「捨不得回去啊。」張紀昂早料到會被蘇我挖苦。

「事情未完，在下不能說走就走。」

「哪件事呢，其中有包含妾身嗎？」蘇我賊笑道。

「蘇我…小姐多心了，在下並未與你達成協議。」

「說的也對，人家怎麼能對你有所期待呢。」蘇我把頭髮綰成馬尾，露出英氣前額，看上去英姿颯爽。「你心情很好嘛，看來小甜心的醫術更精湛了，不只醫人，也能醫心。」

張紀昂垂下眼眉，不想正面回應。

「不說了，不說了，臉皮真薄，妾身要是再多說兩句怕你那張薄臉就要剝落。」蘇我瞅了他身上幾眼，只見背上的大刀，問：「斬馬刀不帶著？」

「這次不殺敵，沒必要。」

「小心為好。」蘇我拍了拍掛垂腰間的太刀，「威脅可不只來自戰場，對我們來說到處都充滿危險。」

「受教了。」

「唉，好自為之。」

蘇我先帶隊離去，緊接著張紀昂跟奧莉嘉也啟程，朝濕潤的大湖方向馳行。離開緊張的戰場後，張紀昂著實感受了春末的微風與綠意，當鼻腔清除狂屍臭味以及腥血，嗅到了原野的芬芳。像是回到久違的家鄉。

馬蹄翻起泥土，悠悠昂揚春日，後邊跟著的士兵悠哉的三三兩兩談天，若不是身上鮮明的制服和步槍，他們像極要去踏青。但輕鬆的表面下他們仍然不敢馬虎，大家心知肚明，有人的地方就可能出現狂屍。

唯獨奧莉嘉澈底放鬆沉浸這股氛圍。

奧莉嘉哼起曲子，不同於安撫靈魂的聖歌，是帶著民俗風味的小調，充滿異國之趣。張紀昂忖應是奧莉嘉家鄉的調子，從哈勒將她帶離生長的土地，也有許多年沒回去。張紀昂雖十年在外，終有一日會回鄉，但奧莉嘉不同，她的鄉早已毀於戰火。

「之後妳打算去哪？」

「有真主的地方。」奧莉嘉答完繼續哼歌。

走了一大段路，張紀昂發現一處山林有砍伐的痕跡，而且都是新痕，表明附近有人。張紀昂張開地圖，果然向東五里標示了一座村子，他立刻招呼全隊，加快速度前進。

張紀昂想這村子雖離陵州城有段距離，按以往的例子，狂屍不可能沒染指此地，但陵州城既發現活口，就不能用慣例看待。

又前進一段，已能看見炊煙，證明那裡確實有人。張紀昂吩咐大家小心挺進。

不久出現了整齊的田地，新苗已經探頭，吹成一波小小綠浪，村人低著頭耕作，幼小的孩子踩著田壟追逐。一片太平和樂，宛若世外桃源。

村人紛紛放下鋤頭，愣看著張紀昂的隊伍走來，或是許久沒見過狂屍以外的部隊，他們顯得相當震驚。騎在前頭，金髮藍眼的奧莉嘉特別引人注目，村人害怕的指指點點，幾個年紀較大的孩子則抄起泥塊想砸奧莉嘉，但見到後面有更多拿著步槍的洋兵跟來，只能打消念頭。

某種意義上，這些洋人就跟狂屍一樣怪異。張紀昂策馬向前，抱拳向村人招呼道：「各位鄉親父老，在下張紀昂，奉李總兵之命特來安撫順民。」

村人面面相覷，不曉得如何應對。

「敢問村中可有村長？」

見村人不安地盯著奧莉嘉，張紀昂介紹道：「他們是朝廷請來剿滅屍賊的常勝軍，並非妖人，請各位放心。」

已經有幾個跑得快的村人將張紀昂等人的事情傳遍全村，村子不大，很快全村都知道常勝軍來的事情。

正當張紀昂跟著一群啞巴似的村人僵持不下，一名身型高大的中年人快步走來，忙跪在張紀昂坐騎前。後面發楞的村人見狀，也跟著一齊跪地。

「蔽、蔽村不知軍爺駕到，還請軍爺、洋老爺們恕罪。」

「快快請起，各位鄉親父老都起來吧。」張紀昂趕緊下馬請他起來，「您叫什麼，是這裡的村長嗎？」

中年人不敢起身，低頭答道：「草民黃三，村長是草民的爹，他正病著在祠堂休養不方便下榻，才讓草民前來迎接軍爺。」

「請先起來，否則在下也不好說話。」等黃三帶著一干人起身，張紀昂才繼續問：「這附近是否盤據屍賊？」

「狂屍的話倒是見過幾回，不過已經很久沒見到了。」黃三戰戰兢兢地說。

「照此說來，這裡應該不只你們一村，你可知附近還有哪裡有人？」

「我們是個小地方，一直跟外面沒什麼交集……」

張紀昂忖這裡人自給自足，村莊規模不大，確實不容易得知外面的事。

「軍爺出現在這，難不成守在陵州的志王已經——」

「不錯，李總兵已經攻下陵州，命我等前來安撫。」

黃三疑惑地問：「軍爺要把我們帶往陵州？」

「李總兵怕你們久陷屍賊之手，生活困苦，下令將沿途遇到的流民集中至陵州，不過見你們生活倒安穩，待在下清點村中情況造冊即可，不用勞煩鄉親們走動。」

「好的，只是敝村地小，還請軍爺包涵。」

「沒事，黃大哥請帶路。」

「跟草民來。」黃三轉身朝村人揮揮手，村人立刻散回村中。

張紀昂不想擾民，連忙說：「黃大哥不要客氣，該耕作就耕，不要因我等到來而荒廢。」

「軍爺哪裡的話，大家都盼著招呼軍爺您，還有那些洋軍爺。」

從黃三卑躬的語氣裡隱約可見對常勝軍沒有好感。張紀昂當初也是如此，所以能明白黃三的想法。

張紀昂避免高人一等，便牽馬入村，後面騎馬的也跟著做，一行人排成長蛇進入村中。

黃三帶他們來到一處曬穀子的曠地，周圍圍繞三間大房舍，黃三一會張羅人去搬椅子，一會要人上開水。張紀昂過意不去，便道：「黃大哥毋須多禮，在下清點完立刻就走。」

「來者是客，更何況您是軍爺貴客。」

村人不分大人小孩對樣貌不同於己的洋人滿是好奇，大人鬼鬼祟祟躲在屋後窺視，小孩邊跑邊叫，直到母親出來打屁股才停下。到了村裡，小孩子都目不轉睛瞧著奧莉嘉，奧莉嘉乾脆走向他們，反倒讓小孩嚇得跑起來，奧莉嘉露出友善的笑容，從袖口拿出張紀昂送她的毽子踢了起來。

小孩慢慢被她吸引過去。

「這洋姑娘眼珠子發光，會不會吸人魂魄？」黃三擔憂地問。

「放心，她只治人救人。」

「軍爺，您請先坐，草民去去就來。」

黃三向張紀昂陪了笑，轉身跑開，卻沒注意到前面有個窟窿跌了大跤，張紀昂連忙上前攙扶。

「沒事——痛啊！」黃三佝著腰抱住摔傷的腿。

「恐怕折到了。」

「對不住啊，草民是想替軍爺備點好吃的。」黃三緊張地說。

「客氣了，我們怕你們在狂屍手下吃不好，還特地帶了吃食與你們。」張紀昂感動地說，連指著馬馱著的米糧。「黃大哥，讓在下看看您的傷吧？」

「跟軍爺的辛苦一比，這算的了什麼。」

張紀昂知道黃三在忍痛，便一手按住他的腿，不管黃三連連搖手拒絕，兩手各抓一點用力一扳，只見黃三高喊一聲，一下子扭曲的臉如釋負重。

「好些了吧？」

「多謝軍爺。」黃三向後面的村人使了眼色，「還不快去備酒答謝軍爺好意，快些。」

村人應答後連聲離去。

「你們這裡還有酒喝？」張紀昂攙著黃三到一張凳子。

「可不是，雞鴨魚酒菜都有，今晚一定讓草民招待各位軍爺。」

張紀昂忖這裡人在狂屍治下的日子挺滋潤。

「別勞煩了，在下不打算過夜——」

「軍爺千萬別跟草民客氣。」

盛情難卻，加上一幫人確實許久沒好生休養吃頓好的，張紀昂便點頭留下吃宴，打算明日再沿路尋找其他村莊。有了這如世外桃源的村子，張紀昂對於接下來的行程備感信心。

原先還畏懼奧莉嘉的孩子此時已跟著她玩起老鷹抓小雞。

張紀昂看著奧莉嘉天真無邪的神情，也忍不住莞爾，黃三突然問道：「軍爺，志王真的敗了？」

「千真萬確，以後鄉親們不必再擔心狂屍襲擾。」張紀昂連忙回神。

「好，當然好。」黃三皺著眉，似乎不信張紀昂的話。

張紀昂不怪黃三，畢竟陵州一地被狂屍久佔，忽然傳來朝廷收復的消息一時間難以反應過來。

「對了，你爹患病嚴重不，奧莉嘉，那位洋姑娘醫術高超，不如讓她看診。」張紀昂比著自己的身軀，「在下這身體也是賴她救回來。」

黃三連連搖頭，「軍爺莫要擔心，老人家本就身體差，休養一陣就行了。這時候讓他見了洋姑娘，怕魂魄要被嚇散。」

「在下倒沒考慮到這點。」

黃三殷勤有禮，招呼周到，讓張紀昂覺得這些年誓死奮戰毫無白費。提到狂屍的問題，黃三只是嘆了口氣，不願多說。張紀昂想村子雖然表面安樂，恐怕沒少受狂屍恫嚇，否則黃三也不至於不敢提及。

「待攻破天都，斬下洪秀媜人頭，鄉親就能樂享太平。」

黃三一聽見洪秀媜名字，嚇得抖手，一碗水滴得到處都是。

「妖婦害人！」張紀昂見此情形，不禁啐罵道。

當晚村人擺了一桌桌豐盛佳餚讓張紀昂等人飽餐一頓，那些小孩巴著奧莉嘉不放，還乖乖圍坐著聽她唱聖歌。酒過三巡，士兵吃飽喝足後並未睡在村人特地準備的房舍，而是在曠地搭起帳篷。

黃三等安頓好眾人才躬身離去。村人禮重，張紀昂無以為報，只得心中暗許早日剿滅屍賊。

夜色流淌明星，暗天亮若燈市，張紀昂乘晚風漫步，徘徊營帳間。連日疲憊讓大夥都沉沉睡下，只有少數巡哨戒備。由於不是大部隊行軍，並未準備祈禱室，奧莉嘉便在一棵桑樹下做晚禱。

氅衣隨風搖曳，似要將身影單薄的奧莉嘉拂上天，看著奧莉嘉全心全意的為世上紛爭祈禱，張紀昂便感覺心裡暖洋洋。

他不想讓些微跫音打破奧莉嘉建構的寧靜，轉身走往另個方向，來到一處佔地極大的平房。當靠近平房，竟聽見一絲微弱的哀號，張紀昂訝異地附耳貼牆，果真聽到房內有痛苦的呻吟。

身為外人，他不好隨意入內，剎那他腦海閃過狂屍的影子，擔憂有狂屍潛入村中。於是張紀昂悄悄推開未鎖的門，裡面燃著燭火，放著一張八仙桌，桌上貢著鮮花素果，張紀昂立刻明白這裡是村裡的祠堂。

黃三的爹，也就是村長不正在此養病，張紀昂忖是老村長病發才發出哀號。想到狀況危急，顧不得禮貌直接闖入內堂，卻發現本該供在中央的牌位被挪至兩旁，中間則有一架木製倒十字，貼著一張寫著「祀　天后洪秀媜」字樣的紅符。

張紀昂立即警戒起來，朝哀號聲躡步，打開一扇小門後，驚見裡面竟躺著一隻受傷的狂屍。

「屍賊！」

霎時張紀昂明白為何黃三的舉止為何如此怪異，這村莊早與狂屍串通一氣。

狂屍見到張紀昂，發出嚎叫，伸出利爪殺去。

張紀昂的大刀放在營帳，只得趕緊退出門外，狂屍則緊追不放。

張紀昂一出來正碰見準備回營帳的奧莉嘉，兩人對看一眼，張紀昂二話不說抱起奧莉嘉逃。

「來人！」張紀昂邊跑邊大喊，吸引站夜哨的士兵過來。

「他受傷了。」

「再不跑受傷的就是我們！」

三名士兵聽到聲響，急忙奔來，見到張紀昂被狂屍追，迅速瞄準擊發，子彈打中狂屍要害，狂屍哀吼一陣不支倒地。

張紀昂這才把奧莉嘉放下來。

村人不分大人小孩紛紛被張紀昂的吆喝和槍聲嚇醒，從屋裡探出來張望。黃三一出現，張紀昂怒氣沖沖要責問他勾結狂屍的事，卻不想黃三一把推開他，抱著流滿臭血的狂屍聲淚俱下。

「爹、爹你沒事吧？」

「……爹？」

沒想到這狂屍竟是老村長。

張紀昂糊塗了。熟睡的士兵全都驚醒，由於宴席上大夥都很自律不貪杯，因此沒人醉得起不來。看見倒地的狂屍，所有人警覺地將步槍上膛。

「不要動！」張紀昂喊道。

奧莉嘉徐徐蹲到跟前，哀憐地摸著狂屍的傷處。

「妖女滾開，不准碰我爹！」黃三猛力拍開奧莉嘉的手。

「他的生命受到煎熬，必須治療。」奧莉嘉輕輕撫住那身腐爛的傷口。

黃三作勢要打人，狂屍忽然停止嚎痛，猙獰臉孔逐漸放鬆。

突然張紀昂身後發出大叫，轉頭過去，兩個村人拿著木棒朝他背上砸來。村人們有條不紊擺好陣型攻擊士兵，明顯受過訓練，張紀昂轉身捉住一根木棒，另一村人又橫著猛敲。

「不要打了，我們是來幫你們脫離狂屍的——」

「這些辮賊找來的洋鬼子是天后的敵人，是我們的敵人，殺光他們！」村人愈打愈猛。

士兵面對村人暴動也不敢開槍，只能四處閃躲。

奧莉嘉卻若無睹，專心治癒黃三的「父親」。

突然幾顆小石頭砸在奧莉嘉身上，是一幫躲在樹旁的婦人扔的，她們大聲嚷著「叛徒」、「臭妖女」之類的惡言。

「我是朝廷派來保護你們的！」張紀昂大吼。

「放屁！我們被地主成天加租、被狗官勒索的時候怎麼不來幫忙，黃三他爹不過欠一升黃米，就被狗娘養的地主派狗咬得半死，要不是天后帶著天兵救命，我們早晚讓辮狗活活弄死！」一名村人氣呼呼地朝張紀昂腿上敲。

張紀昂聽了這話，沒想到這些他拚命想救的人居然這麼恨他，一時連還手的力氣都沒了。

「滾開，妖女，不准碰我爹。」黃三再次推開奧莉嘉。

奧莉嘉滾到一旁，汙泥沾滿素白氅衣。

躲在樹旁的女人趁機出來，用木棍叉住奧莉嘉，大喊「殺死妖女」朝背上狠狠敲了幾下。

「放開她！」張紀昂大怒，迎面擊斷木棒，向奧莉嘉奔去。

那些婦人嚇得連忙拖著黃三跟狂屍離去。

終於有士兵對空鳴槍，讓村人冷靜。

「沒事吧！」張紀昂摟起奧莉嘉，趕緊檢查背部傷勢。

「他的傷還沒治好……」奧莉嘉指著那名狂屍。

「傻瓜，他們要殺妳，妳還在想這個。」

「不要生氣，他們只是心裡受了傷。」奧莉嘉勉強露出莞爾，隨即昏了過去。

「奧莉嘉、奧莉嘉，他娘的，你們這幫混蛋——」張紀昂怒瞪打量奧莉嘉的婦人，咬牙切齒吼道：「與屍賊勾結，懷藏逆心，其罪當誅！」

黃三不甘示弱喊回去：「哼，當狂屍還比當你們的奴才好，至少我們有尊嚴的活著。」

村外傳來狂屍的呼號，張紀昂總算明白那時黃三會急忙跑到跌跤，又為何請他們吃宴過夜，都是要引狂屍進攻。這時他想起先前跟奧莉嘉一起去買米，卻在出村時遭遇狂屍，想來那座村子早已勾結狂屍。

士兵全聚到張紀昂身旁，並鳴槍嚇阻村人前進，雖然他們人不多，要打退村人還不算難事，棘手的是集結在外的狂屍部隊。

風聲鶴唳，絲微的風吹草動都讓士兵們驚心膽跳，張紀昂緊緊抱著奧莉嘉，思忖如何撐過危機四伏的長夜。

第五章　信者救贖

村人持著火把慢慢圍靠，照亮一張張不再純樸恭順的臉。

夜色浮躁不安，夜風傳來令人悚慄的聲響，村外至少不下兩百狂屍。

四周籠罩肅殺之氣，張紀昂猛然憶起昂字營遭襲時的恐懼，他連忙往背上探去，一探才想到天鐵大刀放在營帳。五百弟兄的慘狀如洪流湧入眼簾，片片如剜心窩。

張紀昂不怕死，但他不想重演昂字營的悲劇，何況不能讓奧莉嘉處於險境。奧莉嘉擁有的力量能不費吹灰之力滅掉眼前所有人，只是奧莉嘉不這麼做，因為她知道這些憤怒的人只是一群被逼急的、受了傷的普通人。

士兵焦急地瞄準火光下的臉孔，此時只能寄望張紀昂。

「打不了……」張紀昂使不出力，他無法對無辜的村人動手。

儘管石頭痛打在身，張紀昂卻無法恨。這時他才懂百姓願成狂屍不是為長生不老，只不過是想活下去，如此簡單而已。

是何等苛政欺凌讓這幫樸實的農人寧願成魔？

抱著奧莉嘉的同時，張紀昂想起頭一回跟奧莉嘉一起去糴糧，米鋪的米全上繳兵勇——他卻沒察覺老闆的惶恐與無奈。還有後來遭狂屍伏擊，恐怕都是跟當地人裡應外合的結果。

黃三罵道：「狗官狗兵一個樣，當我等不曉得你們打下城後照樣頒布苛政，那些人被壓得三餐不繼，憑什麼要我們回去當任人宰割的畜牲！」

村人的唾罵重重拍進耳畔，聽得張紀昂無地自容。

狂屍逐漸逼近，指尖磨蹭步槍的聲音更增緊繃的情緒。

但張紀昂殺氣煙消雲散，那些狂屍不再是面目可怕的怪物，而是絕望的聚合體。在害怕的村人看來，張紀昂就是帝國派來的劊子手。

砰——槍枝走火。那名士兵吃驚地看著槍管。

子彈不偏不倚向探頭出來的小女孩打過去，張紀昂連忙奔去，卻見一個狂屍疾撲到小女孩身上，金屬彈頭鑽破狂屍堅厚的皮肉，爆出一地黑血。一旁的父母趕緊抱起嚎啕大哭的小女孩，村人們怒不可遏地瞪著走火的士兵。

受傷的狂屍撐起身體，向小女孩表示自己無恙，卻止不了淚花落滿稚嫩的臉孔。

村人與狂屍軍隊的怒火被一滴滴淚珠點燃。

但看在張紀昂眼中的不是暴徒，更非大逆不道的亂民，方才那幕豈不是一個人的惻隱之心，那是人啊！記憶裡罪惡滔天，讓百姓顛沛流離飽受苦難的狂屍卻綻發了人的仁愛。

狂屍該是殺滅昂字營，他不共戴天的仇人——

這一刻張紀昂看見的不是黃三哀慟地抱著一個醜陋的身軀，而是一個兒子對父親的不捨。這一刻，捨身護住小女孩的不是樣貌醜惡的狂屍，而是如同昂字營弟兄般，肯犧牲性命救人的傻好人。

他困惑了。

張紀昂。

一道清脆柔媚的細聲從他心底盪起。

忽然一陣陰風襲來，吹散村中霧氣，狂屍黑幢幢圍上來，如索命使者等候張紀昂陽壽殆盡。

村人跟狂屍倏然跪地拜伏，崇敬地喊道：「恭迎福澤天下真主之女太平天后。」

村人齊喊「天后」，聲若浪潮不絕，張紀昂連忙往四周察看，卻沒見到洪秀媜身影。

張紀昂一回頭，驚見眼前出現一個身穿紅色高衩旗袍，綠雲擾擾，體態婀娜窈窕的美女。女子額頭紋綉了桃花樣的倒十字，朱唇白頰，若說蘇我媚中有骨，柔中蘊藏英宇之氣，這女子便是令人打從心底酥麻。

「洪秀媜？」張紀昂訝異地打量這個艷麗的女人。

「平身。」她揮起紅袖，展現帝王氣派。

狂屍跟村人應聲而起。

洪秀媜步履娉婷走至張紀昂跟前，絲毫不把劍拔弩張的常勝軍放在眼裡。

「覺得奇怪？」洪秀媜揚起冷豔的笑容：「朕是否該兩丈高，渾身臭氣，八對眼、十雙手，唾液可以腐蝕鋼鐵，吼聲如同雷鳴。」

張紀昂感受到一股遠超以往狂屍的強大力量，恐怕十個皎天也無這般壓迫。

「久仰昂字營名號，今日一見，果然不同凡響。」洪秀娫伸出修長的手指，以尖刺指甲撩起奧莉嘉的髮絲。

「妖婦做甚！」張紀昂趕緊抱開奧莉嘉。

常勝軍立刻舉槍，其中一人不小心走火，擊往洪秀娫胸膛。只見洪秀娫用兩根指頭夾住子彈，將子彈如花生米般捏碎。

「犯朕天顏，本該賜死，但羔羊迷途何者無罪，天兄既以血肉為世間罪人贖罪，朕自然願給爾等改過的機會。」洪秀娫衝著那名開槍的士兵一笑，頃刻常勝軍紛紛落槍倒地。

「妳幹什麼——」

「讓他們睡去，做了關於天國的夢。」洪秀娫悠悠道：「這就是天父賜福之人，好一個美麗的造物。」

洪秀娫伸出手，張紀昂又連退幾步。

「她可不是凡夫能愛的起的，不過也難怪你護得這麼緊，她精緻得讓朕捨不得入口。」

「妳這妖婦不躲在城裡，遲些妳那妖障都城就會被攻下！」張紀昂壯聲道。

「哈哈哈，」洪秀娫高亢大笑，「那又如何？你們佔再多的地，攻再多的城，也不過是空皮囊。」

「妖言惑眾，待我取妳首級，天下百姓便能幡然醒悟。」

洪秀媜笑道：「成為狂屍正是他們的醒悟。除非爾等殺光所有不服的百姓，否則諒爾等再打十載、二十載，也壓不住野火般的民怨。」

洪秀媜所言不差。就算逐一收復故地，帝國若不得民心，洪秀媜只要登高一呼，百姓轉眼又奪城投降。

「百姓確實埋怨朝廷，但妳這妖婦存在一日，天下便不得安寧。先殺妳，後撫天下。」

張紀昂輕輕放下奧莉嘉，擺好拳架。他深知與洪秀媜之間的差距，只能將剩餘的力量喚神保護奧莉嘉。

「朕以為昂字營營官不同凡響，如今一見也是庸人，竟連這層道理也不通透。汝若真心體恤受苦之民，應知身立何處，卻屢屢作對，還是你只為利祿功名？」

「讓百姓成妖這種事，也只有妳這妖言惑眾的妖婦說得出做得到。」

「哈哈哈，難不成把百姓當牲畜使喚壓榨，便可大義凜然？」洪秀媜諷道。

張紀昂嘴上雖不服，卻暗忖洪秀媜所言不無道理，縱使帝國耗費再多錢糧人力，製造再多槍炮彈藥，都是治標不治本。他不禁忖自己十年征戰，竟換來百姓怨懟，當初想救國救民，最終反是讓百姓更入深淵，誰也拯救不了。究竟為何而戰，為誰而殺。忠義的天秤晃蕩不定，張紀昂迷惘了。

「帝國大廈將傾，何不拜投明主，汝要的朕都能給。」

「我只想救民！」

「可是汝殺的都是想拚命活著的人。」

狂屍還算人嗎？

張紀昂想起自己諷刺的口吻，如今看來真正愚昧的是他自己。

「帝國注定消亡，汝當以為朕擋不住湘、淮二軍？朕只是在等你。」

「我？」

「對。」洪秀娟抬起張紀昂的頭，「等你帶來朕日思夜夢的珍饈。」

「奧莉嘉？」

「只要朕吃了她，連天父也奈何不了朕，朕將創立真正的千年王國，讓所有追隨朕的罪人獲得救贖。」洪秀娟的舌頭舔了舔唇。

「作夢，」張紀昂握拳吼道：「奧莉嘉是我的救命恩人，妳想傷害她，先收我的命！」

張紀昂打通靈識，一束金光乍現，喚來威武的金身神靈，舞動九尺大刀。

「汝捨命保護賜福之人的模樣，連朕都不禁動心。朕觀望汝十載，果然，呵呵呵。」洪秀娟手指在臉頰輕撫，泛起些微紅暈，嬌喘道：「從沒讓朕失望。」

張紀昂不禁打了寒顫，接著身體不得動彈。

「安靜待朕道來，汝便明白朕之美意。」洪秀娟踞地，露出皎白細嫩的大腿，她溫柔地摸著奧莉嘉的臉龐，「朕要吃的不是這身可人的肉體，而是她體內之靈。想來汝已知小美人藏著令人垂涎的靈力，只是那個洋神父話說的不夠全，汝可知小美人將愈來愈難抑制這股靈力，那可不是誦經千萬遍，終日跪在天父前祈禱能解決。」

張紀昂極力想扭動脖子，但身體卻被牢牢定住。

洪秀娘冷笑一聲，「朕明白汝的意思。莫看小美人心性純真如張白紙，外力所染心思而改，她在家鄉一怒殺了上千人，難道在這兒就辦不到？終有一日，她將被這股力量控制，成為令人膽寒的怪物。」

走火入魔。

張紀昂想到錫城殺降，奧莉嘉差點失去控制，只要煞不住就可能殺光在場所有人。

雖然那也是淮軍不對在先。可是往長遠的地方想，奧莉嘉不可能一直待在帝國，總有離開的時候，西方列強都惦記著她無與倫比的力量。一個人若藏匿不住鋒芒，便會引來妒羨而毀滅。強大如水，柔弱如水，方能藏勢無形；只是奧莉嘉的純善如鐵剛強，如木硬實。

剛直易損。

哈勒能保護奧莉嘉到幾時呢？一切治標不治本，與其掩藏，不如從根柢拔除永絕後患。

「小美人危險的地方正是過於純真，世上堅物豈有不催之理，不消朕多言，以汝的智慧應當明白。」

愈純真的人愈可怕，能盡信天下之善，亦可納世間之惡。

「只要朕吃掉禍源，小美人將與普通人無異，也遂了汝意。皆時汝只要好生保護小美人，到時她也只能依汝。」

「閉嘴，我根本沒這意思！」張紀昂忽然能開口，他訝異地盯著洪秀媜。

「有情人偏說無情，無道者卻說有義，人果然是最擅長欺瞞自己的畜牲。」

洪秀媜指尖插入張紀昂胸膛，倏地張紀昂心窩被一股寒意包夾，循著血液流通十二經絡。

「朕之神通足可創始天地，爾等泥造雖育七竅之靈，朕視若浮游。」

張紀昂此時看不清眼前事物，只聽見柔膩的嗓音威嚴地貫穿身體，感受到無比巨大、如影隨形的存在。在她跟前，張紀昂毫無掩飾，透入骨，透進更細微遠超肉眼所及的地方。

「汝心中的她仍是如此美好，美好到足以消弭對洋人的厭惡。告訴朕，汝愛她嗎？」

流淌體內經絡的寒意瞬成千刀萬劍，深掘張紀昂最深處的意念，張紀昂看見記憶裡關於奧莉嘉的片段紛沓閃過，她的歌聲、她的憐憫、她打從心底的笑及恨，金髮如絲盤據張紀昂的意義，讓他管不住理智，只想順從最根本無瑕的慾念。

「呵呵，汝與小美人同個脾性，一根腸子通到底，否則怎會一意孤行不與人同，否則那日昂字營遭圍伏，何故友軍只作壁上觀。」洪秀媜赤裸裸說出張紀昂難堪的回憶。

是的，張紀昂的弟兄與狂屍死戰時，那幫平時素與他不合的營官竟不動如山，靜觀其滅。

「告訴朕，汝愛她嗎？告訴朕，汝不是想救民於水火，孰對孰錯，是非黑白，難道汝還看不清？」

洪秀媜的聲音像一把鐽使勁而溫柔的淘，張紀昂的意識彷彿與之起了共振，死命鑽出理智的掌控。

他看見黃三的父親不斷吐黑血，不停抽蓄，醜惡的身軀竟在抽蓄中緩緩變回瘦弱的人類軀體。黃三抱著父親痛哭，失去狂屍強壯的肉體，老人家根本撐不住今晚。

這是張紀昂造成的錯。

張紀昂的意識將脫離魂體，成為洪秀媜的囊中物。

但張紀昂心已了然，他心中變法化陣，解出靈識，就算他死了，也能金身不滅繼續守護奧莉嘉直到她醒來。

張紀昂緩緩跪下，悲痛道：「張紀昂對不住各位鄉親父老……」

士可殺不可辱，一旦跪膝，氣節膽識再也起不來。但張紀昂知道該跪的，唯有如此才能在死前減輕自己的罪惡感。

「但奧莉嘉、這些洋人是無辜的，張紀昂可任你們處置，只求放過他們。」

「放了他們，誰來放了我們？他們幫辮狗殺得可歡了，這幫洋鬼子就只曉得榨錢，全都死有餘辜！」村人大罵。

張紀昂知道跪爛膝蓋也難消百姓心中恨，可他不求諒解，只求問心無愧。雖死，不得違背忠義。

洪秀媜忽然伸回手，滿意地用舌尖舔著指頭，嫣笑道：「不愧是張紀昂，朕的確沒有錯看。汝心中尚有迷惘，朕收之無用。姑且讓汝多看幾次世間醜惡，待汝看破人間虛假，朕隨時歡迎汝入窖門。朕期待下次再見，汝會有何種改變。」

她轉身瞥向村人，莞爾道：「張紀昂乃朕擇義人，爾等悉聽其令，如朕親臨。」

洪秀媜化作火形，展開臂膀擁住張紀昂，張紀昂頃刻炙熱難耐，發出痛苦嚎叫，當他再張開眼，灼熱感已經消失，村人跟狂屍皆拜倒恭送天后離去。

這時張紀昂感到通體舒暢，渾身無一絲不快，便忖方才的火燒是洪秀媜替他療傷，效果遠超奧莉嘉的醫術。

往旁邊一瞧，奧莉嘉跟士兵仍然昏迷，他忖神將還在保護他們，便隻身走到黃三身旁查看情況。

得到洪秀媜親口肯定後，村人紛紛放下鋤頭木棍，態度大大不同，不再惡言相向。

「洪秀媜肯醫在下，為什麼不願救你們？」

「天后之力，非凡人能承受……」黃三顫抖道，他看張紀昂的眼神不是畏懼，而是崇敬。剛才的治療確實非常痛苦，若不是像張紀昂體格拔萃，並有靈識護身，恐怕早被那火吞得魂飛魄散。

「爹的時辰到了，不要對天后的義人無禮。」黃三的父親呻吟一聲，帶著安詳的表情逝去。

村人對老村長的逝去充滿哀憫，黃三流著淚向張紀昂道：「張大人，我們會遵照天后指示，聽從你的意思去做。」

張紀昂誠懇抱拳道：「各位鄉親，在下向你們保證朝廷絕不會置之不理，定許各位重回安定的生活。」儘管張紀昂暗忖他們在這裡生活已經夠安穩了，但他相信李總兵會妥善安撫，況且帝國經此動盪，學得教訓也必善待百姓。

「我們悉聽尊便。」黃三向他鞠躬。

「既然能變回人，你們何必堅守這身軀體。」張紀昂問那些狂屍。

「變回人如累危絲，但義人這麼說了，我們不敢不從。」一名狂屍頷首，呆滯的神情若任人擺布的戲偶。

「等等，在下知道你們怕錫城故事重生，但此次在下是奉李總兵之命前來安撫，也表朝廷決心。」

張紀昂不希望是因為洪秀媜的緣故，才讓狂屍跟村人服服貼貼，而是真心希冀他們消除疑惑。上回錫城確實有不善之處，但此時張紀昂已經得知狂屍能變回人，這無疑是轉捩點，足可說服李總兵跟王公大臣接納狂屍。

「跟一群狂屍說教也太有趣了，乾脆把他們帶到學堂裡認字讀書吧辮子頭。」驀然一道稚嫩的聲線笑著打斷張紀昂，玩世不恭的笑聲聽來與年紀並不相符。

聲音的主人從暗夜中現身，幾乎沒人聽見她的步伐。

穿著護心板甲的小女孩出現在眾人眼前，狂屍發出鼓譟，但礙著張紀昂沒做出動作。褐色頭髮的小女孩綁著四條麻花辮，腰間配著幾乎跟身高一樣的軍刀。

「你訝異地太久，足夠被我殺死五次了。我叫碧翠絲·德瑞克。」

尚不清對方是敵是友，張紀昂只能楞看她走到跟前。

「咦？你沒聽過我嗎，真是奇怪，我以為你該知道的。」碧翠絲見張紀昂沒反應，反一臉疑惑。

「在下張紀昂。妳是洪秀媜的人？」

「嘖，真不是普通的遲鈍。」碧翠絲忽然拔劍刺穿狂屍堅硬的肉體。

狂屍倏然躁動，張紀昂連忙遏止道：「別動，讓在下來。」

狂屍果然安分下來。

「在下已經跟他們達成協議，不管妳是誰，都不應該出來破壞。」

「放心，他沒死，要是這麼容易死，你們打這麼久也顯得太沒用。虧我好心來救你。」碧翠絲俐落拔出劍，扛在肩上，「喂，辮子頭，哈勒在哪裡？」

那個被插了一劍的狂屍瞬間昏倒在地。

張紀昂心想這嘴裡不饒人的小女孩太沒禮貌，卻又認識哈勒，難道也是常勝軍的人？常勝軍人數不多，基本上張紀昂大都見過，對碧翠絲這個小女孩並無印象。

「戈登先生往另一個方向去了。」

「慢著，那邊躺著的該不會是——」碧翠絲瞬身移至奧莉嘉身旁，連張紀昂都沒看清楚那身法。「果然是惡魔奧莉嘉，她怎麼被擊倒了。」

「妳說什麼！」張紀昂怒道。

「這麼愛生氣會早死喔，還是辮子頭你早就放棄人生了？」碧翠絲睥睨道：「這個人一眨眼就殺了一千名全副武裝的軍人，現在可是通緝二十萬鎊，夠我買一艘新船來玩。」

「別亂來，否則——」小孩子也不放過。張紀昂忖道。

「喂，辮子頭，你也是想搶賞金的人嗎？」

「奧莉嘉是在下的救命恩人。」

金身神將瞪了碧翠絲一眼。

「哦，我知道了，那就是奧莉嘉的騎士囉。也就是說，想要拿到這筆賞金，必須先殺掉你。」碧翠絲一點也不感到害怕，不只恃著極快的身手，還有渾然天成的傲氣。

「妳到底什麼來頭？」

張紀昂打量碧翠絲，不認為她是賞金獵人，但那身手確實厲害，特別是靈巧的身法簡直令人望塵莫及。

「辮子頭，你的表情跟醃過的鯡魚一樣可怕。」碧翠絲收起劍，大笑道：「你真是奇怪的人，不過奧莉嘉也在，常勝軍真是各式各樣的人都有。」

「別碰她。」

「哈，你真的是惡魔奧莉嘉的騎士嗎，我很期待見識你的能耐喔。」

「既然妳跟奧莉嘉是同夥，雖然年紀小，也該懂得尊重。」

「同夥？錯了，我可不是常勝軍的人。如果我們賞金一人一半，你願意幫我取下她的頭？這筆錢對你來說應該很多吧。」

「有些話就算是小孩子也不該肆無忌憚地說。」張紀昂慍道。要不是對方是小女孩，他早已出手教訓。

「好啦，你果然跟代姊說的一樣。」碧翠絲笑道。

「代…姊？」張紀昂腦海浮現一張艷麗的臉孔。

「你是尋我開心還是真的笨蛋，我都認識代姊還有哈勒了，還以為我是太平天國的人？」碧翠絲噘嘴道。

「小心為上。」

「早知道就不要急著趕路來救你們，反正你看起來已經收拾好了。」碧翠絲露出無趣地神情說：「是代姊要我來的，他勘查時發現一股狂屍往你們的方向去，怕你這個笨蛋會上當，又不能派兵引人注意，所以就讓我來啦。代姊果然沒說錯，你們真的中了陷阱。」

張紀昂從這番話判斷，碧翠絲是在洪秀媜消失後才趕來，否則依洪秀媜的本領不可能沒察覺。

「不對，妖后早料算好，否則那是不會突然收手……」張紀昂不禁打了冷顫。

「辮子頭，你在發什麼呆，這時間我都可以殺你五次了。」碧翠絲富饒興趣地盯著奧莉嘉說：「不過惡魔奧莉嘉懸賞二十萬鎊可不是玩笑話，」

張紀昂懷疑碧翠絲是否不懂惡魔和天使的意思。

「她只是出於自保和畏懼，才殺了那些人。」

「如果我真的動手，你打算怎麼辦？」碧翠絲不聽張紀昂的說詞。

「要錢，雖然在下俸祿不多，可以全數奉上，要是找麻煩，難說。」

「哈哈哈，我才不缺那點錢。不過我了解你心意。」碧翠絲坐在一根倒塌的木頭上，綻露淘氣的笑容。

沒多久，常勝軍一一醒來，奧莉嘉隨後也清醒。常勝軍看著乖順等候發落的村人與狂屍，各個面面相覷。張紀昂也解除喚神，彷彿什麼事都沒發生過。

碧翠絲替張紀昂解釋道：「睡得好嗎？辮子頭已經處理好囉。」

常勝軍欽佩地看著張紀昂，張紀昂不想節外生枝，只好欣然接受這些崇拜的目光。

「小碧，妳怎麼在這裡？」奧莉嘉皺眉道。

「誰是小碧啊。是代姊要我來的，沒想到辮子頭還挺厲害嘛。」碧翠絲不想和奧莉嘉套交情。

「小姑娘，該不會戈登先生根本不知道妳在這裡？」

碧翠絲理所當然地說：「當然是偷偷跟他們來的囉，誰叫哈勒不讓我跟，這件事只有代姊知道。你們打仗的時候，我就在後面用望遠鏡看。反正代姊要我保護你們回城裡。」

「原來是代哥。」奧莉嘉露出理解的微笑，「已經生米煮成死飯，沒關係。」

「……是熟飯，唉，算了。」張紀昂搖搖頭，頓時放鬆不少。

這次換碧翠絲蹙眉，覺得奧莉嘉的稱呼很不禮貌，她瞥向張紀昂，似要張紀昂評理。但不管是以外表至靈魂，或肉體與本質，兩人的稱謂都沒有問題，張紀昂也無法評斷。

張紀昂避免尷尬，便提了老村長逝去的話題，讓奧莉嘉替老村長祈禱。不久前還嚷嚷奧莉嘉是妖女的村人，現在奉她若神，一個個畢恭畢敬。村人將老村長的屍體放在一張榻上，並讓幾名士兵去準備柴火。

這些信奉洪秀媜的村人自然明白奧莉嘉要幹什麼，都很聽從指揮。村人跟狂屍圍著木堆，聆聽奧莉嘉的祈禱。

「獲得救贖，得享永生。」奧莉嘉說完最後一句詞，雙手緊緊交扣，眼中流露哀傷。

「妳不怎麼虔誠。」張紀昂瞥見碧翠絲不像他們謹慎敬畏地唸著真主聖詞。

「比起真主，自己更值得相信。這句話是我的祖先說的。」碧翠絲跟張紀昂都站在離較遠的地方，她問：「沒猜錯的話，兩個小時前他們還想殺死奧莉嘉吧？」

「嗯，這樣還認為她是惡魔？」

「為什麼不？」碧翠絲聳肩。

碧翠絲對奧莉嘉的評論不是童言無忌，這讓張紀昂更感到討厭。

「很不輸氣吧，畢竟你是騎士嘛。」碧翠絲抱胸仰頭盯著張紀昂糾結的面孔。

「無論如何，她是在下的救命恩人，在下欠了不只一條命，無以為報。」

「黑島戰爭時她一晚總共殺死一千名自己祖國的軍人耶，其實真實數字好像超過三千唷。」

「他們屠殺奧莉嘉的族人，這也是無可奈何。」

「後來她殺紅眼，又殺掉五千名聯軍軍人，燒毀一艘鐵甲艦。」碧翠絲繼續說出後面的事，用與年齡不相符的世故表情笑道：「雖然那是我出生前的事情，但在我們國家某些地方，只要小孩子不聽話就會嚇唬說惡魔奧莉嘉來囉。」

哈勒並未告知張紀昂這些事，當然也沒有告知的必要。只是張紀昂很難想像，當年年僅六歲的奧莉嘉是如何一夕間殺掉近萬全副武裝的部隊。

後來奧莉嘉筋疲力竭倒地，被哈勒強行帶走，才未遭清算，但西方列國至今尚未放棄復仇──或說將她當作強大的軍事武器。

「嚇到說不出話了？肯定沒聽說這些吧，也對，哈勒跟代姊才不會說，她也不會告訴妳，因為她根本沒記憶。」

洪秀媜的提醒如雷貫耳，催促張紀昂做出決定。

不對，張紀昂急忙搖頭，反駁道：「妳見到她向這個村子復仇了嗎？」

「代表哈勒封印的很好，你們打錫城時我看得很仔細，要是她出全力的話，說不定全部人都會死喔，連那個洪秀媜也擋不住吧。不過我相信那時候代姊跟哈勒會拚命攔住她的，哦對了，還有你這騎士。」碧翠絲慧黠眨著眼笑道：「我可不是喜歡挑撥亂說話，畢竟我只是誠實的小孩。」

也許是刺激不夠大，不然──張紀昂不敢多想，寧可相信奧莉嘉的善良。

不分敵我一視同仁，企圖消弭世上罪惡與戰爭的仁愛之人，豈能與「惡」一詞互作聯想。那張白皙無瑕的臉龐有著張紀昂從未見過的純真，如甫出世孩童清澈的瞳孔，像個明鏡照映世界的光輝。

如此純善美好，怎麼會是惡魔。

「就這麼喜歡奧莉嘉。」一片肅穆的禱聲裡，碧翠絲忽然脫口出這句話。

「小孩子別亂說，奧莉嘉是在下的救命恩人。」這句話張紀昂不曉得重複說了幾次。

「那就是不喜歡？」

「世上豈有非黑即白的道理，妳還太小，自然不懂。」張紀昂紅著臉，避開碧翠絲深探的眼眸。

「老是拿年齡當擋箭牌才是不成熟的表現。」碧翠絲握住劍柄，一副老成地說。她手指在空中劃了劃，嘴角微揚，似笑非笑，「如果她真的又化身惡魔，你要怎麼辦呢？當然，說不定再也不會發生這種事。像代姊平時很精明，遇到你的事情卻有些慌，一直擔心你的安危，雖然說也是因為你太笨容易上當。」

碧翠絲突然躍起迅速拔下張紀昂的頭髮，以勝利的笑容道：「有了這個就可以知道你到底是不是真的危險。」

張紀昂沒有對她的舉動做出反應，而是思忖著隱藏在碧翠絲話語裡不寒而慄的警訊。

「辮子頭，你怎麼變出那麼大的人？」碧翠絲似乎覺得無聊，不停找張紀昂開話題。

「妳也是辮子頭。」

「這是代姊替我綁的麻花辮，比你的可愛。」碧翠絲用手指挽著辮子。

「在下不是為好看才繫辮子的。」

「她打算弄到什麼時候，剛才刺了狂屍一劍現在身上臭臭的，好想趕快回去洗澡，再讓代姊幫我綁辮子。」碧翠絲像隻小貓好奇地東探西看，有發洩不完的精力。

張紀昂試圖站遠一些，免得耳朵疲勞轟炸，甫受洪秀娘精神洗禮，此時他只想靜謐整理思緒。不過碧翠絲彷彿停下來就渾身不舒服，也不管張紀昂回不回話，一直在旁邊打繞著。

張紀昂忖只要靜靜待著就好，遂回想洪秀媜的話。他自問是否長久努力都成空，帶給百姓的只是曠日持久的煎熬戰火。難道太平天國才是百姓的救贖？張紀昂凝望著吞噬老村長屍體的熊熊火焰，心神飄回昂字營潰滅那日，若帝國征討屍賊有錯，那麼昂字營五百壯志熱血的弟兄又算什麼。

「人家在問你話，你都不理很沒禮貌喔。」

「抱歉，」直到碧翠絲喊了他三次，他才回神。「妳剛才問什麼？」

「我說——」

「謝謝。」奧莉嘉不曉得何時已經結束簡易葬禮，走到張紀昂跟前。

張紀昂不顧碧翠絲的發問，垂著頭說：「比起妳的救命之恩，何足言謝。」

真的要謝，恐怕要謝碧翠絲，要不是她突然闖入，張紀昂跟奧莉嘉不知會迎來何等下場。

奧莉嘉謝的不是張紀昂捨身護她，因為昏過去也沒這段記憶，她伸出小拇指道：「你遵守諾言。」

「哦，那件事。」對誠心悔改的狂屍慈懷以報。

在錫城讓奧莉嘉失望一回，這次託洪秀媜所助，奧莉嘉看上去很開心。

「對了，奧莉嘉——」張紀昂傾身靠近奧莉嘉，在耳邊悄聲幾句。

「好。」奧莉嘉沒有遲疑。

奧莉嘉轉身離去時，張紀昂有股想拉住她的衝動，但碧翠絲的眼神制止了他。那抹熟悉的清香停留鼻間。

張紀昂想起碧翠絲方才有話要說，便問：「妳方才說的——」

「不知道啦。」碧翠絲氣呼呼地說。

「怪了，這年紀的孩子真難懂。」

※

一分為三的常勝軍只有張紀昂這隊遭遇狂屍，其餘都平安帶著村人歸來。常勝軍一共找到五百餘人，以及兩百狂屍，這些太平天國轄下的人都尊崇洪秀媜指示，對張紀昂的話奉若聖旨，哈勒跟蘇我對此嘖嘖稱奇。當然張紀昂不會告訴其他人他與洪秀媜的會晤。

三隊集合後，回到陵州城外紮營，哈勒已經派人進城向李總兵遞上報告，等候李總兵遣人接管。接著哈勒遣去眾人，扳起臉孔對著忙跟蘇我又摟又抱，盡顯可愛的小女孩本色的碧翠絲。

這時張紀昂慶幸碧翠絲的出現降低眾人對他的關注。

「我不是再三交代，妳絕對絕對不能跟來。」

「人家已經在這裡了，難道妳還要把我趕回去？」碧翠絲像隻小貓依偎在蘇我懷中。

「德瑞克爵士會擔心的。」哈勒用眼神示意碧翠絲乖乖坐在椅子上。

「他才不會，他老是說：『身為海盜爵士的後代就要有冒險犯難的精神。』說不定他正在為我跑來這裡開心的暗自流淚。」

「不管怎麼說，戰場對九歲的小女孩太危險了。」

「這件事妾身也有不對，小碧來的時候就通知妾身了，只是怕你擔心才未曾提起。」蘇我解開碧翠絲的麻花辮，細心的重新繫上辮子，「小碧很棒呢，懂得照顧自己，是個小大人。」

碧翠絲朝哈勒吐著舌頭，露出驕傲的神情。

待在常勝軍的時間長了，就知道雖然哈勒是指揮官，但蘇我才是真正的總管，少了他的調度掌控，後勤早一蹋糊塗。因此蘇我的話分量很重。

張紀昂抱拳道：「戈登先生——哈勒，在下忖小姑娘也是一片赤誠，不如讓她提筆寫封信回國報平安，另一方面也好就近照顧，讓小姑娘胡亂走也不是辦法。」

碧翠絲沒想到張紀昂替她講話，連忙接著說：「嗯，你怕我到處跑，那我就在待在你看的見的地方不就好啦。」

見哈勒還在嘀咕，碧翠絲又保證道：「大不了我向真主起誓，絕對不擅自行動，並聽從戈登指揮官的指揮。」

「加上一句，在『任何情況下』都必須聽從戈登指揮官的指揮。」哈勒看出碧翠絲的小把戲，也說明平時沒少被唬弄。

碧翠絲頓時躊躇起來，精明的小眸子左右轉著思考如何鑽漏洞，蘇我拍拍她的小腦殼，溫柔地說：「姊姊會帶著妳的，不怕無聊。」

「好，那我向真主發誓。」碧翠絲一口答應。

「這是對著真主發下的誓言，妳可別忘了，即使我沒看見，全能的真主無時無刻都盯著妳。」

「好好好。」碧翠絲調皮擺弄著鬼臉。

帳外忽然傳來急促的腳步聲，張紀昂忖方才送信的人已有回音，哈勒立刻要碧翠絲到一旁站好，碧翠絲不情願地跟著蘇我到後方繼續綁辮子。

「指揮官，淮軍派來劉營官進行交接。」

「好，我知道了，請他進來。」

李總兵派劉三省來，證明他非常重視這件事。哈勒比平常還嚴肅，靜待劉三省進來。

未見人先聞聲，劉三省厚實有力的步伐先一步傳進帳內，他虎虎生風走至哈勒跟前，抱拳道：「戈登先生，總兵大人聽說你找到屍賊治下的百姓，非常的高興，要我定來向戈登先生道謝。」

「別客氣，這是我們份內的事。」

「孫起，你也了不起，捉了兩百屍賊，不錯，我沒看走眼。」劉三省豪邁大笑。

若在以前，張紀昂肯定會為此自傲，但此刻腦內只迴盪黃三等一千村人的怨言。

「怎麼了，一副不高興的樣子？在歸來前還立了功，以後平步青雲不在話下。總兵大人撥了一千人給你，讓你再組昂字營，打賊都有你的份。」

身為一個武人，特別是夢想救國救民，立志殲滅太平天國的武人，絕對會為能參與圍攻天都感到興奮。張紀昂卻毫無想法，只能硬撐著笑臉道：「孫起謝過劉大人與總兵大人提攜。」

「我們是同鄉，你又有才幹，不幫你幫誰。」劉三省說了一通溢美之辭，又向哈勒問：「戈登先生，方才我一路走來見那些屍賊全都安分守己，比錫城降的不知乖順幾倍，不知戈登先生如何馴服？」

哈勒指著張紀昂，莞爾道：「這是孫起的功勞。」

「不錯，好。」劉三省滿意的點頭。

張紀昂畢竟是劉三省帶起來的人，他表現好，劉三省也臉上增光。

哈勒原先對淮軍不重視搜索百姓的態度頗有微詞，現在看見劉三省的模樣，也忍不住堆起笑臉。

「戈登先生，在下想跟劉營官私談。」張紀昂插話道。

哈勒沒在意張紀昂使用尊稱，在劉三省面前必須這麼做，否則會讓人覺得張紀昂與常勝軍私交過甚。

「沒問題。」

「有什麼事盡可當面談，偷偷摸摸叫什麼大丈夫。」

「既然劉大人這麼說，孫起就直言了。」張紀昂作揖道。

「啥時這樣扭扭捏捏了，但說無妨。」劉三省大手一甩。

「孫起搜索陵州時，發現百姓並非受妖后蠱惑，為長生不老而成狂屍。」張紀昂緊盯著劉三省，神經緊繃地說：「是朝廷苛捐無度，逼急了百姓，百姓為求苟活，甘願成妖。」

劉三省瞬然皺起眉頭，慍道：「你知道這番話傳進宮內，下場為何？」

「通敵叛國，誅九族。孫起即使拖上家族性命，也要為民解難。不解民苦，這仗沒有盡頭。」

「大膽——」

「劉營官，李總兵應該急著等你回去，不如由孫起帶你一同接管。」哈勒見氣氛凝重，連忙出來緩頰。

劉三省手負於後，暫時壓下怒火，這才想到不能在外人面前丟臉。

「戈登先生，來日再訪。孫起，走，隨我回去見大人。」劉三省向哈勒抱拳拜別，轉身大步離去。

哈勒還想跟張紀昂交代幾句，但張紀昂眼神堅然，不容改動，也不再多言。只說：「孫起，隨時歡迎你回來走走看看。」

張紀昂行了西方軍禮，步出營帳，蘇我叫住他：「就這麼走了，不遺憾嗎？」

「該走留不住，該留走不了。無報滿腔救民之志，才是在下的遺憾。」

「你明知道回去是踏進一灘爛泥巴。」

「在下只是個傖夫，沒有蘇我……小姐的智慧，就算前方是刀山火海，在下也奮不顧身。或許在下一直蒙蔽自我，寧願相信只要殺死妖后便能弭平一切，這次算是敲醒這身蒙昧了，不過總兵大人也不是盲目凡夫。」

「張紀昂，保重。」

「蘇我小姐，保重。」

張紀昂向蘇我示了意，又朝瞥了眼常勝軍營地，便趕上不遠處等待的劉三省。

一直待在後邊不吭聲的碧翠絲推著蘇我說：「代姊你還楞著幹什麼，他要走了。辮子頭明明不想走，我都看出來了。」

蘇我當然也懂張紀昂的心意，但說與不說都是一樣的。

「人若有未盡的緣，江流千里終歸回海。只是人海浮沉，總有無可奈何的時候。等小碧再大一點就懂了。」蘇我莞爾道。

「拿年齡當擋箭牌才不成熟……」碧翠絲嘟著嘴，不服氣道：「算了，碰上這種事每個人都變成笨蛋。」

※

進了陵州城後，劉三省放下怒容，語重心長道：「孫起，你當我不懂這層道理？」
「劉大人，懂雖懂，不做卻如同不懂。」
「什麼時候你也學這套拐七扭八的話，怪不得我見你身上缺失銳氣，原來是動了念。依你這副模樣，上戰場就是活生生的呆靶子！」
「殘殺良民非在下所願……」張紀昂勒住馬，低著頭吼道：「當初劉大人在鄉裡告誡我們要時刻懸著救國救民之心，可是我們殺得都是一顆顆絕望的民心——」
「混蛋！」劉三省一掌將張紀昂打落馬下。
張紀昂向來不敢拂逆劉三省的話，今日卻一而再反抗。
「這話由我回答，如何？」李總兵騎馬帶著兩隊親衛過來，下馬攙起張紀昂。
劉三省等人立刻下馬拜見李總兵。
未等他們說話，李總兵拍了拍張紀昂衣裳的灰塵，平靜地說：「孫起，在士卒面前像個潑婦成何體統，身為一軍之將豈能讓人看笑話。你這人有膽有勇，就這脾性要改。」

「總兵大人，屬下只是認為欲除賊禍，必先治根，否則打下再多城池，殺再多狂屍何用？」張紀昂跪道。

「快起來，我明白你用心良苦。孫起啊，林子大了，什麼鳥都有，人多了，江湖也深。確實有一幫貪官惡吏、土霸豪強欺壓百姓，才讓妖后趁機妖言惑眾，貪官當殺，刁民當除，這仗也不是動動唇舌，施展仁心能解決。總督大人說了，待殺妖后，平定屍賊，定奏請皇上修養滋民。」見張紀昂依舊板著臉，他撫鬚大笑：「算算時辰，也該來人，孫起，同本官到官衙去。」

李總兵跨上馬，帶隊回往下楊的衙署，張紀昂不明其意，只得默默騎在一旁。

經兩日整頓，陵州城已無破城之時荒涼，主要街道都澈底清掃一番，雖然石路長年失修而顛簸，但也逐漸有了生氣。淮軍各部忙著修葺城內，路旁也出現攤販，從城外來的流民在撫墾處前大擺長龍，公告上寫著原籍者出示土地契書領回原地，因戰火散失則與非籍者領無主之地開荒。

張紀昂沒想到僅僅兩日，陵州城已進駐上千流民。

「本官也知生存不易，讓老百姓豐衣足食安居樂業，才是剿賊上策。你瞧，雖然陵州在屍賊手裡敗壞了，但很快這些招撫回鄉的流民會立即恢復生氣。」李總兵指著正進行修復的工程，顯示衰敗的城市即將再次欣欣向榮。

十年來張紀沙場殺敵，一心殺狂屍報國，只要見到打下的城鎮重聚人煙，百姓生活和樂便心滿意足。見到一片繁忙景象，張紀昂的疑惑減緩不少。

「可是向店家強行買賣，難道不怕人心背離？」

「孫起，你當那些生意人各個都懷慈悲心？有多少趁屍賊哄亂，聚貨抬價，發得難道不是那些可憐百姓的災難財。對他們客氣，餓士卒之腹，急災民之心，一時仁慈而使萬民受難，試問孰輕孰重？」李總兵看他略有所思，繼續娓娓道：「莫受那些趁勢作亂的刁民影響，他們不過見縫插針，圖妖后所賜利益，否則為何私下勾結屍賊，而不肯自變狂屍。都是些貪生怕死、苟營之輩。你瞧瞧，如此氣象，才是解民所苦，急民所難，昂字營不正是為了見此景象而犧牲。」

張紀昂舉目望去皆是流民欣喜的面孔，歷經十年滄桑，終於擁有一席之地。

「你莫擔憂屍賊治下百姓會受懲罰，總督有諭一旦發現生民必好生安之。」李總兵承諾道。

「但大人先前在錫城下令殺降，怕無法收悠悠之口。」

「他們是賊，就算降了還是賊，養著幾千狂屍如坐針氈，這道理你該比本官清楚。莫說我們，換是任何一國都不容狂屍立足。」李總兵說來淡然，話裡卻充滿不容斥駁的威嚴，也訴出最根本的矛盾。

張紀昂深吸了口氣，說出在村裡的見聞。

李總兵訝異地勒住馬，大隊因此停滯不前，他虛向前問：「此話當真？」

「屬下不敢誑語，親眼所見狂屍變回人。」

「竟能如此變化，果真神奇。」李總兵知道張紀昂直腸子，不可能編造謊言。

「長生不老只是我們妄加猜測，黔首所求不過安穩度日，只要朝廷能許他們安樂，天下便無賊患。」

「依我看未必，聖人有言：『飽暖思淫欒』，這些人成了狂屍不愁危境，難道還不想著用那副身體長生？要讓他們變回來恐怕不容易。」

「屬下願一試。」

「本官看你確實有辦法，從方才那些狂屍進來，竟無任何浮躁，果與那日錫城降者不同。孫起，大有可為。」李總兵靠到張紀昂身旁，再次確認關於狂屍變回人的事情。

是洪秀娘有辦法。但張紀昂怎能告知他人。

張紀昂肅穆抱拳道：「絕無假話。」

李總兵剎那笑容滿面，相當滿意這個大情報。

張紀昂忖狂屍投降一事總算有解套的法子，照這樣下去，洪秀娘的蠱惑不攻自破。

大隊在衙署前下馬，李總兵領一千營官進大堂，方未坐定，便有人高聲報太后身邊的紅人蒲公公已到。張紀昂才意會李總兵說的是聖旨。

雙頰紅潤的蒲公公提著黃綾黑犀牛角軸聖旨，不急不徐直入大堂，眾人皆起身迎接。

「接旨。」蒲公公見眾人跪地，誦道：「奉天承運皇帝，制曰：總兵官李鴻甫攻克陵州，戰功斐然，朕欣喜，嘉賞淮勇。並令李鴻甫速辦前言之事，不得有誤。另聞張紀昂忠勇多戰功，擢游擊。嘉茲報國，盼卿勿怠。欽此！」

「謝萬歲，萬歲，萬萬歲。」李總兵帶頭謝恩。

「哪位是張紀昂？」蒲公公問。

「下官張紀昂叩謝聖恩。」張紀昂連忙磕頭。

「張大人近來名聲鵲起，聖上跟太后多有嘉獎，你可要好好努力。」蒲公公命人將朝服跟念珠遞給張紀昂。

張紀昂一時不知如何應對，他雖當過昂字營營官，卻是無品秩的。

「蒲公公就別嚇唬年輕人了，以後還有他效力的時候。蒲公公，隨我到內堂，前些日子所說的已有眉目。」

「好啊，太后正催得急呢，李大人這事辦得若好，前途一片光明。」

「哪裡哪裡，還要勞煩公公辛勞跑腿，裡邊請。」李總兵望著原地發楞的張紀昂笑道：「孫起，莫忘皇恩，以後就看你的了。」

第六章　瑪門之罪

張紀昂一下擢升為游擊，身分立馬不同了，在淮軍裡屬於有頭有臉的人物，只是手中無兵基本就是個閒人。不像各營忙著操練、籌措糧草，緊鑼密鼓趕著合圍天都，有幾個先鋒營已經先行與湘軍會合。

李總兵雖承諾給他一支部隊，不過張紀昂自知此事難辦，十年來他在淮軍獨樹一格，把那身硬直的臭脾氣發揮的淋漓盡致，除了與有提攜之恩的劉三省交好，其他能頂撞、得罪的一個都沒落下。背地不乏人暗諷他是靠哈勒的面子才撈到官位，那些人說他說一套做一套，表裡不一。

不過張紀昂早習慣在冷言冷語裡做事，何況現在對領兵作戰無太大興趣，整天就是幫忙陵州城重建、協助流民登記，做這些事反而覺得踏實。

他的說服工作相當順利，幾乎只消開口，全體狂屍一口答應變回人，李總兵非常驚喜，更是信賴有加，也應諾劃城西一塊地給狂屍以及原狂屍治下之民安居。安撫狂屍成了張紀昂的主要工作，不過他尚不讓狂屍這麼快變回來，因為狂屍對於帝國還是感到排拒，張紀昂希冀狂屍是真心感到帝國恩澤、心悅誠服，而非只是聽從洪秀媜下的命令。

幾日內陵州城又湧入數千人，嗅得商機的商賈也佔據最好的角落開張，一時間工程地與正在修復的大街人滿為患。人一多紛爭也跟著來，四處都能聽見吵鬧聲，但大致上陵州城處於活力十足、欣欣向榮的景象，看在張紀昂眼裡備感欣慰。

這日張紀昂帶著兩名隨從走出材料行，手上捧了一堆卷宗，準備返回城西，路人見到他背上標誌般的天鐵大刀，紛紛停下行禮。搞得張紀昂走個兩三步，就要還禮一次。以往無事時他不會隨身帶著武器，但上次讓他起了恐懼，忖當時若有天鐵大刀在手，也不至於使自己跟奧莉嘉陷入危境。他必須揹著大刀才能壓制浮躁的情緒。

「喂，辮子頭，你看哪啊，我叫你好多聲了。」碧翠絲驀然出現在張紀昂面前，雙手抱胸瞪著他。今日她沒穿護胸板甲，而是一身繡著蝴蝶飛舞的粉色和服。「好看吧，是代姊替我縫的唷。」

「妳怎麼在這，戈登先生不可能讓妳進城吧。」張紀昂訝異地問，他記得碧翠絲已經跟哈勒約定好聽從命令。即使像碧翠絲這樣的鬼靈精，也不敢違背以真主之名起誓的誓言。

「哈勒不在啊，所以我自己來了。」碧翠絲瞇著眼笑道：「當初說的在任何情況下聽從指揮，既然哈勒不在，我就不用聽他的話。而且他只交代我不可以走遠，也沒說走多遠，從營地到城裡也不算遠啊。」

聽著碧翠絲有板有眼的鑽漏洞，張紀昂也不得不服。

「而且城裡來了很多攤販，很熱鬧的樣子，在營地多無聊，每天除了經典就是經典，就算是真主也受不了這麼無聊的生活，不然祂何必造物造人豐富這個世界。而且我可是進城找鐵匠修理我的劍，絕對不是跑來玩。」

「妳還真多歪理……」張紀昂可以想像哈勒聽到這些狡辯時臉孔有多麼無奈。

碧翠絲侃侃不絕，似乎永遠有說不完的話。她突然停下，仔細打量張紀昂身上嶄新的衣袍，好奇地問：「怎麼才幾天時間你就變得很不得了的樣子，他們還叫你大人耶，原本還一副捨不得回來，是不是發現回到這裡比較好過啊。」

張紀昂帶碧翠絲到一旁，免得擋路，接著向她解釋自己升官了，不過剩下的就沒多提，要讓碧翠絲理解帝國官制不是三言兩語可以說清。

「怪不得一路上都有人跟你行禮。」

「妳方才說要找鐵匠？」

碧翠絲快速拔出腰間的軍刀，細長的劍身上確實有明顯的焦痕。她解釋道：「昨天我跟代姊練劍，結果我沒閃過，劍就變成這樣了，本來代姊要替我磨的，可是一早她就出去辦事，我只好自己來囉。」

她一點也沒失望的樣子。

「對了，這幾日你們應該過得挺清閒，蘇我小姐跟戈登先生都好吧？」

「好好好，非常好。喂，辮子頭，別扭扭捏捏的，想問她就問，她很好，每天像軋布機一樣不停讀經、祈禱，還有她今天也不在，去附近替人看病。」碧翠絲突然神祕兮兮地笑道：「說到她，其實我今天來也跟她有關唷，沒想到這麼快就遇到你。」

張紀昂連忙問：「什麼？」

「你以為那天我沒聽見你偷偷摸摸的說什麼嗎？我的耳朵可不是裝飾品。」

「慢著——」張紀昂趕緊阻止碧翠絲說下去，他把卷宗分交給隨從，裝作無事吩咐道：「你們先把東西拿回去，我要跟這位老相識聊聊。」

隨從接過卷宗離去，碧翠絲發出令張紀昂不安的笑聲。

碧翠絲眼中閃過的流光讓張紀昂不禁冒冷汗。那日在村裡他約了奧莉嘉在月圓時相會，理由是想詢問一些問題，那時他也沒想到奧莉嘉竟爽快答應。不過奧莉嘉本就乾脆的人，話雖不多，但說一不二，簡單明瞭。

「你不是有問題想問嗎，我知道的事情也很多，問我也行啊。」碧翠絲覺得張紀昂羞澀的表情太有趣，忍不住繼續捉弄。

「怎麼可以偷聽別人說話！」

「你就站在我旁邊窸窸窣窣，哪能聽不見。」碧翠絲大概欣賞夠張紀昂緊張的神情，心滿意足地說：「不鬧了，我確實要幫忙傳話，不過你得先帶我去修好我的劍，再四處繞一繞，而且我可以額外告訴你一些小秘訣，說不定這次見面會出現讓人意想不到的進展唷。」

「在下只是有些疑問想請教，哪需要秘訣⋯⋯再說妳怎麼突然這麼好心。」張紀昂提防道。

「我本來也不想，誰叫你在哈勒面前替我說話，否則我才懶得管你。」

張紀昂忖碧翠絲雖然說話酸溜溜，內心到底是善良的孩子。

「不過似乎也不必特意準備……」

「是喔，那就這樣吧——」

「慢著，反正聽聽也無妨。是要修這把劍吧，在下馬上替妳處理。」張紀昂拿起碧翠絲的劍。

張紀昂極力保持鎮靜，避免出糗，可是精明的小鬼彷彿他肚裡的蛔蟲，早將他看穿。

碧翠絲好奇地打量天鐵大刀，說：「那把刀我瞧瞧，它散發著一股強勁的氣息，想不到你居然有這種好刀。」

「妳看得出來？」張紀昂驚訝地說。

「別把我跟你這笨蛋辮子頭混為一談，我看過無數珍貴的刀劍。」碧翠絲驕傲地搖著手指。

「但這把刀乃天鐵打造，很沉的。」天鐵大刀是他的防身物，豈能像展覽品供人賞玩。

「是喔，你知道人是很敏感的生物，說不定哪一句沒說好、哪一件事沒做到就會變得不可挽回。如果這樣也無所謂，我也無所謂。」

碧翠絲一偷笑，張紀昂彷彿被緊緊掐住胸口，自己也不懂地取下大刀插在地上，一邊告誡碧翠絲刀非常重。刀一落地，入土三分，光是刀身就跟碧翠絲差不多，但碧翠絲還不信這大刀能有多沉，兩手捉住刀柄往上抽，大刀卻文風不動。

碧翠絲繞了大刀一圈，紮起前弓後箭的步伐，像拔蘿蔔扭動腰力，終於使大刀晃了絲毫，只是效果僅限如此，再來又是固若磐石。以小孩子的力量來說，可以晃動天鐵大刀已算厲害。

「好重，這什麼鬼金屬冶成的！」碧翠絲眼看雙手頂不住，倔強地改用肩膀頂住刀柄，「難道這是石中劍嗎？」

「世上有很多事沒有想像的容易。」張紀昂莞爾道。

「那只是付出的努力不夠多啦！」碧翠絲臉色脹紅，五官幾乎要揪在一起。

張紀昂忍俊不住，忖道碧翠絲還是有可愛的一面。張紀昂悄悄走到她身後，運氣至足跟，心中默喊一聲「吒」，腳瞬間聚有千鈞重，腰馬一轉，踏地震起大刀。張紀昂凝住呼吸，動作行雲流水，出招快收招快，不發一點聲響。

小女孩只注意眼前的大刀，當大刀迸出地面的一剎，她樂不可支，但隨即就感受到大刀的沉重。張紀昂見狀，立刻單手取刀收回背上。

「妳確實有本領，在下心服了。」

碧翠絲皺著眉，她很聰明，很輕易能看穿張紀昂的把戲。不過張紀昂都做到這份上，她也不好再任性，於是揚起笑容道：「你打算去哪幫我修理？」

「在下正好要去城西，不如跟在下一同去，順便幫妳修理。」

「不找鐵匠嗎？」

張紀昂為難地說：「現下城中只有一處冶鐵工坊，但只打造給各營將士的兵器，除非有總兵大人的命令，否則不得私鑄。不過在下對冶鐵頗有心得，所以不必擔心。」

「呿，我還以為你升到了不起的大官呢，果然不能太看得起你。」碧翠絲努努嘴，「那裡有好吃好玩的嗎？」

「這個嘛，倒是有不少狂屍。」張紀昂莞爾。

「這兩天常勝軍流傳你降伏狂屍的事，我本來不相信有人能讓他們服服貼貼，而且讓他們信服的還是你這不靈光的辮子頭，但誰叫我親眼見識過呢，而且代姊說如果是你就辦的到。」碧翠絲一下貶一下褒，掛著詭異讓人猜測不定的笑容。

「那、謝謝你們。」

張紀昂拉來坐騎，指著馬背要碧翠絲坐上來，碧翠絲顯然覺得自己被小看，她掏出金幣直接在路旁買一匹馬，豪邁的上馬，沒兩下工夫就馴服方買來的馬兒。

「妳的騎術是妳父親教的嗎？」張紀昂讚道。

「我跨上馬背的時候，他已經被真主召去了，我母親也是。硬要說哪個家人的話，是大我二十歲的姪子曾教我如何上下馬。」碧翠絲輕撫馬兒的臉頰，讓馬兒感到安心。

「二十歲……姪子？」張紀昂意識到問了不該問的問題。「抱歉，在下不是有意的。」

「反正也不是很要緊的事，處在都是大人的環境，久了就習慣。」碧翠絲雲淡風輕地說，似乎已從容的向許多人解釋過這些事。

出身貴族家族，想必是在這種環境裡被迫成長，才使她看起來比同齡人堅強，且更世故老練，但言談裡又無處不發現碧翠絲只是稚氣未脫的孩子。

「他們動作真快，說不定比我還快。」穿過最熱鬧的街市時，碧翠絲突然興致高昂地說。

「妳指什麼？」

「那些商人啊，雖然我聽說你們的商人是世上最勤快的，不過沒想到才幾天時間就湧入這麼多人耶。」碧翠絲毫不掩飾對街上琳琅滿目商品的喜愛。

「是啊，只是聽妳這麼說，看起來商販的數量比進城的商車還少，大概是錯估城內的人口吧。」張紀昂向來不在意這類事，這兩天協助登記時才順道觀察城內的商販活動。

「辮子頭，你現在是不是不想離開啦？」

「不，在下心中非常迷惘，想留下卻心底不踏實，想離開則不明白這麼做對不對。可能在下已經做不了那些大夢，倒是希望能實際幫上百姓。」

「咦？我只是隨口問呢，因為代姊說你會死守這個話題。」碧翠絲訝異地盯著他。

「在下也不曾開過這個口，或許是因為……哈哈。」張紀昂突然乾笑兩聲。這些話他又能向誰傾訴，李總兵或劉三省，還是淮軍裡一大票厭惡他的人？雖與常勝軍關係尚好，但張紀昂不知能與誰言，寧願懸在心裡擺盪。

碧翠絲已經猜到他的意思，「因為我是小孩子啊。可是大人未必成熟，小孩未必幼稚，靠刻板印象過活的人最危險了，不過你就是那種標準與人格格不入的木頭人。」

「這段話是誰告訴妳的？」

「就不能當我自己想出來的嗎？」碧翠絲莞爾，望著奥藍的天空，「搭船的時候有個老伯告訴我的，他在經過滿刺加時心肌梗塞死了。辮子頭，如果你去坐一次遠洋船，就知道世界多大，也不用待在這裡跟討厭的人混在一起。」

「在下並不是為那些人投軍，在下只在乎自己是否達到當初所願。」張紀昂堅定地說。

「真是頑固的木頭，難怪會當光桿司令，背地裡肯定很多人說你壞話。」碧翠絲看得很透澈。

「並無不好，手中無兵需要思考的時候也少……或許在下已經沒指揮的心力與能力。」張紀昂苦笑道，也是表明心志。

回到城西駐紮地，張紀昂立刻開工替碧翠絲修理劍，碧翠絲等待的時候便跟村人和狂屍聊天，但他們卻死氣沉沉，沒聊兩下便鴉雀無聲。碧翠絲看著他們一個口令一個動作，像是假造的傀儡，很快便覺得沒勁。

幸好劍損傷並不嚴重，加上張紀昂手藝精湛，過午不久滿頭大汗的他已經將劍恢復原樣。怕無聊的碧翠絲又纏著張紀昂去市集悠晃，等她晃滿意了，又告訴張紀昂赴約時該做的準備，離開陵州城前她拉了拉張紀昂衣袖，笑道：「按照說好的，約晚上七點，城外小河畔涼亭見。七點就是你們的——」

「戌時。不，今晚未免太急促了。」

「擇日不如撞日，好事何必拖磨。」碧翠絲竊笑道：「而且你不是說只是要問些事情，那幹嘛這麼再意日子。」

「離月圓之夜還有幾日呢……」

「做人要把握時機啦，總之我會幫你搞定，記得準時喔，還有別忘記我教你的東西。」

「奧莉——她真的會喜歡這種方式？」

「我用祖先海盜爵士的名譽保證，等你赴約的人一定會滿意這安排。」碧翠絲拍著胸脯，無比認真地說。

張紀昂曾聽哈勒說過碧翠絲祖先的偉業：此人出生於三百年前，打小便在海上討生活，後來成為私掠船船長，相當善於海戰，讓當時的海上霸主頭痛不已，四十歲時受封爵士，被稱為「海盜爵士」，乃德瑞克家族奠基者。

碧翠絲提到祖先時神情肅然，絲毫不敢輕浮。儘管她對信仰不誠信，卻很敬畏被稱為「海盜爵士」的立基祖先，不用真主，而用祖先的名號，可見碧翠絲有多注重這份承諾。

「記得別遲到囉，祝你好運。」隨後碧翠絲露出天真爛漫的笑容。

※

夜風輕輕刮過，溫和張紀昂燙紅的臉頰，他低著頭走出城門，腳步輕如小貓，像是鬼鬼祟祟的小偷。但他的模樣早被守城的士卒看得一清二楚，連聲喊道：「張大人！」

張紀昂擺出平時莊敬的面容，手卻以不自然的姿勢捧著腹部，似乎想掩蓋住什麼東西，但此舉無疑盜鈴掩耳，只是那些士卒知道張紀昂向來嚴厲，也不敢開他玩笑，只能狐疑地盯著他。

火辣辣的視線看得張紀昂難受，索性加快腳步出城。

「張大人，總兵大人交代出城必須持有文告。」

「我去常勝軍那邊辦事，很快回來。」

「知道了。」大家都知道張紀昂跟常勝軍關係交好，見是如此，守門的以為是李總兵交代他要去城外洽談戰事準備。

張紀昂順利出城，趕緊拿出藏在懷裡的鳶尾花，小心翼翼不讓美麗的紫色花瓣凋落。陵州城外本就長著不少鳶尾花，經過碧翠絲的整理，一大束美不勝收的花束便完成。

想到碧翠絲信誓旦旦的保證，他才有幾分信心。雖說女子愛花，不過張紀昂好奇像奧莉嘉這樣的女孩子也喜歡花嗎？

奧莉嘉不像蘇我跟碧翠絲會多做打扮，雖然她皎潔的面容無須施粉就惹人喜愛，也無須過多華飾，只消一襲素衣便能襯托她清新可人。

因此張紀昂覺得奧莉嘉就是清淨無波的水，只有自然的沁心甘甜。

他又忖只是要問些事情，冒然帶花是否太突兀。

面對這個疑問，碧翠絲熟練的使用帝國成語諷刺道：「特地約在月圓時見面，還在意有沒有花前嗎？」

碧翠絲年紀雖小，對帝國語言的精熟度遠遠凌駕奧莉嘉。

張紀昂赫然才想到是否太急躁，明明說好是要問事情，氣氛卻搞得異常緊繃。只是箭在弦上，他身為大丈夫，豈能陣前逃脫。

「我用祖先海盜爵士的名譽保證，等你赴約的人一定會滿意這安排。」

碧翠絲的誓言再次迴盪張紀昂腦中，也浮現奧莉嘉露出溫暖可人的笑靨。想到這一幕，張紀昂猛然心揪了一下。

汝愛她嗎？

張紀昂趕緊拍了拍發紅的臉頰，搖散不切實際的想法，那不過是受到洪秀媜精神攻擊而產生謬想。

眼看戌時將至，張紀昂忐忑不安來到湖邊小亭，這原本是陵州的文人雅士修建，用來聚會飲酒，狂屍攻城時一把火燒掉，如今只剩殘跡。月光半碧，湖色濛濛，殘破的亭子如妖魅隨月光曳動。

亭子有道淡淡的人影，正倚牆靜候。

張紀昂緊張了，步伐也隨之慌亂沉重，急躁的跫音暴露了自己的位置，但亭內的人沒有動作，仍靜靜候在原位。張紀昂捉住顫抖的手腕，深深吸了口氣，佯做稀鬆平常的口吻寒暄道：「我、在下來遲了，感謝妳赴約。在下找妳來其實不為別的，只是想問妳『義人』是什麼意思，那個、如果冒犯的話，在下先跟妳說聲對不起。」

話音一落，張紀昂緊皺眉頭，他把碧翠絲教的開場白給忘得一乾二淨，一番話講得結結巴巴，他都想賞自己一巴掌。

「義人，大概是遵循真主指導、遵從誡命的人。」

「原來如此。」張紀昂又向前幾步，今晚奧莉嘉的聲音更加嬌柔，飄散著比平時更濃郁的香味。

張紀昂只感覺腦子亂哄哄，完全忘了下一步。

「你只問這個？」

「是……不是，其實在下準備了一束鳶尾花，送給妳，希望妳會喜歡。」張紀昂把花束捧到亭子旁，雙手止不住顫抖。

「呵呵，你怎麼知道我喜歡鳶尾花？」影子挪動了幾步，帶著喜悅的口吻。

碧翠絲沒有說謊。

「只要妳喜歡就好。」

「你來該不會只想問這個？」

「其實在下也、不清楚，好像是一股莫名的力量推著在下，才做出如此唐突的事情……」

「這一點也不像你，妾身以為你會更——」

張紀昂突然愣住了，奧莉嘉可不會用這個稱謂，他悄悄靠近亭子，疑惑地盯著亭內的身影。那人影也探出身子，無論從哪處瞧都是個沉魚落雁的美女，但骨子裡卻是不折不扣的男人。

張紀昂大大的「啊」了一聲，花差點沒落到地上，這才明白奧莉嘉的聲音、味道為何變了調。他一下子被搞糊塗，驚愕地指著蘇我，差點沒把花束捏爛。

蘇我沒有帶刀，完全拋棄劍客身分，盛裝打扮了一番。

「你怎麼了？」蘇我不明就裡。

「你怎麼會在此處？小姑娘不是替在下……」張紀昂腦中閃過無數念頭，喃喃道：「奇怪，太奇怪了！」

會不會是蘇我要碧翠絲這麼幹？張紀昂看著同樣狐疑的蘇我。

「妾身明白了。」蘇我淡淡笑道：「看來我們都中了她的計。難怪妾身想你為何突然邀約，還知道我喜愛鳶尾花，中邪了都沒這麼邪門。」

經蘇我解釋，張紀昂很快釐清頭緒，他忖碧翠絲本來就對奧莉嘉不抱持好感，豈會去幫忙邀約傳話？張紀昂只怪自己一頭熱，才誤著了小姑娘的道。

「以為是小甜心就滿心喜悅，看見妾身就卻想轉頭走人，這麼做真讓人開心不起來，就不怕妾身嫉妒嗎？」蘇我的語氣像是平時與張紀昂調笑，但此時那精美明媚的妝容卻蒙上層灰。

「這是兩碼子事，原本在下只是想問奧莉嘉關於『義人』一詞的意思，誰知被小姑娘偷聽去，反設計了一齣。造成蘇我小姐誤會，在下就此賠罪。」這時候張紀昂格外警覺，再愚駑也聽得出蘇我話中不快。

「哈勒問不得？小碧問不得？妾身、也問不得？還需要特別挑這種地方嗎？」蘇我意識自己激動了，連忙一手壓住腹部，揚起沉穩的笑靨道：「好了，你也別怪小碧，其實她做的正是我不敢做的事。」

張紀昂被問得回不上話，也沒想到蘇我也有慌張失態的樣子，便忖得趕緊離開此地，免得風波愈扯愈大。他焦急地將花束塞到蘇我手中，接著就要轉身離去。

蘇我揪住他的衣袖，一雙泛著波光的眼眸直盯道：「佛說一切是緣，既然來了，正好，妾身也有話問你。」

「下次吧，今日實在不方便……」必須立馬走人的預感愈來愈強烈。

但蘇我鐵了心要留住張紀昂，緊抿著唇，顰眉哀容，令人忍不住想上前撫慰。他克制飄忽的情緒，笑問道：「你說今日不好，是因為沒有奧莉嘉？她可以，妾身就不行嗎？」

「你、蘇我小姐，恕在下實在無法回答這個問題，改日，待改日在下必前往常勝軍登門謝罪。」張紀昂也聽慌了，蘇我一向對奧莉嘉很親暱，此時口吻卻不帶一絲情感。

「只因我是……男兒身？」蘇我眨著楚楚可憐的眸子，眼裡流轉的瑩光幾乎快被緊繃的臉擠落。

張紀昂抱拳道：「男人也好，女人也罷，在下知道蘇我小姐是個好人。」

「那麼對你而言，奧莉嘉呢，她算什麼人？」

「一命之恩，永生難報。」

「你因為這樣就喜歡她？」

「不是的，在下並沒這種想法——」

「何苦又說些違心之語搪塞，你是可憐我嗎？」

「蘇我小姐言重了。」

「那為何不肯坦然以對。」蘇我似笑非笑，冷哼了幾聲，喃喃道：「也許執迷不悟的只是我一人。那麼，你打算告訴奧莉嘉嗎？」

張紀昂皺眉抱拳道：「蘇我小姐要怎麼想在下管不著，但此事與奧莉嘉無關，請蘇我小姐莫再提及。告辭！」

他旋即轉身，是不想再多待一刻拉拉扯扯，亦不願看見蘇我淚眼婆娑，蘇我雖是男兒身，此刻欲作堅強的哀容卻澈底打破男女界線，張紀昂彷彿看見一位無論靈肉都是女子的人被他傷透了心。

張紀昂不認為自己有錯，確實他也未曾做錯什麼，只是此刻卻只能歸咎於他。因此他必須走，多待一刻都是傷害。

「你就這麼，這麼的喜歡小甜心嗎？」蘇我畢竟是蘇我，仍是忍住了所有悲傷，但用笑顏包裹的表皮更讓張紀昂不忍直視。「若妾身也救你一命，是不是，你也會……」

「蘇我小姐救了在下，在下自然感激不已。」張紀昂望著逐漸被夜色吞沒的蘇我，慶幸這不是月圓之夜，看不清那張暈滿哀傷的皎容。

張紀昂不顧蘇我的叫喚，轉身離去，其實沒人發出聲響，只是張紀昂耳裡不停盤桓蘇我欲言又止的氣音。有那麼一瞬他怪起碧翠絲，要不是小姑娘胡亂安排，也不至於尷尬。

但縱是小姑娘不從中作梗，隱在蘇我平淡笑臉下的情緒終有需面對的時候。張紀昂絕不討厭蘇我，但也清楚這與蘇我對他的情感截然不同。

回陵州城的路上更暗，張紀昂不禁浮現蘇我在夜風裡落寞的樣子，但他始終沒回頭看，怕一瞥又會糾纏不清。

※

守門的已經換了一輪。

張紀昂簡單應答幾句，便風塵僕僕進城，往城西的臨時住所奔去。他滿腦子盤繞蘇我的臉孔，他的話語彷彿羼在風中無孔不入，風一吹便讓張紀昂揪一下心。

常勝軍那兒恐怕一陣子不能去，不過眼下就要打太平天都，屆時他也得跟著開拔，而常勝軍作為支援部隊只會安插在外圍，兩軍幾乎沒有碰面的機會。只是張紀昂還有一個月圓之約，現在他卻考慮是否前往，他不想把事情搞得更複雜。

能夠在中間搭線的，想來想去也只有調皮古怪的碧翠絲。張紀昂拍了拍腦殼，生怕找碧翠絲商量，這搞怪的小姑娘又不曉得要弄出何種名堂。

不知不覺張紀昂竟拐錯彎，走往城東的方向，當他回神過來，人已經在燈火通明的冶鐵工坊附近，這裡不分晝夜打造兵器，即使陵州城各處夜闌人靜，此地仍然鬧哄哄。

張紀昂急急忙忙調頭，不禁暗罵碧翠絲把今晚搞得一蹋糊塗。

他忽然停下腳步，朝空中嗅了嗅，疑惑地看著冒著煙的工坊。他擅長冶煉，因此鍛造過程出了問題一嗅便了然，從工坊傳來的味道與白日不同，夾雜著一股怪異的油耗味。

冶鐵工坊被李總兵立為重地，沒有命令非相關人不得入，張紀昂因此忖莫非是煉槍炮特有的氣味。攻克陵州城短短幾日，竟能搬來一整套生產槍炮的設備，這讓張紀昂生了好奇心。

他忖今晚既注定輾轉難眠，不如去工坊瞧瞧，也順道研究洋人造槍炮的方法。這時一列兵押著幾輛大車過來，他便悄悄避到一旁，雖是朝廷欽定的武官，也不能公然違背李總兵的禁令。

當幾輛大車靠近時，張紀昂赫然聽見呻吟聲，他瞇起眼朝車子看去，訝異地看見一隻裸露在外的狂屍手臂。

張紀昂不敢置信，可事情明擺在眼前，他怒不可遏叫住那列兵。

「張大人？」帶頭的高個子連忙讓隊伍停下，警戒地向張紀昂行禮。

「裡頭押的是什麼？」

「沒別的，就是一些硝石，拿來造彈藥的。」

「你當我張紀昂瞎了眼，連自己保的人都不認得？」張紀昂怒斥一聲，身子一壓抽出背上大刀，二話不說劈開大車，裡頭果然掉出兩個被五花大綁的狂屍。「你們還想狡辯？」

那些兵勇曉得張紀昂厲害，不敢動說，各個嚇得跪地求饒。

「是誰指使你們幹的！」

「求張大人饒命──」兵勇們一勁磕頭，只求張紀昂這尊殺神放過他們。

「起來！」張紀昂拎著帶頭者的衣袖，拽到跟前，怒問：「為何殺降？」

「大人饒命、小的只是奉命行事，是上頭要小的捕來，而且說是張、張大人同意的——」

「一派胡言！」張紀昂甩開帶頭的，大刀一揮將三輛車全劈開，共有四個狂屍、三名百姓。

「這是怎麼回事？」

說殺狂屍尚可理解，但被綁的居然還有普通百姓，張紀昂一瞧，那三人還是他帶回來的村人。

張紀昂背著那些兵，眼裡彷若也藏著兩把利劍，他們自知瞞不過，生怕張紀昂怒火上來真的殺人，只得老實交代：「這些屍賊是要捉來煉丹的，小的只知道這麼多，求大人饒命！」

「煉丹？既如此，何故在錫城殺數千降兵？」

「大人、其實那場火是假的，那些屍賊早都煉成長生丹——」

張紀昂一刀劈在地上，嚇得帶頭的一把鼻涕一把眼淚，哭訴道：「上面的事小的不知，也不敢多問，只知道要把人捉到冶煉坊煉丹。」

「混蛋！」張紀昂怒啐。但也不遷怒到這幫兵身上，他們也不過奉命行事，真正頒令，並且能夠做到這種事的只有一人。

這時張紀昂才明白這幾天被帶去服勞役的狂屍跟村人的下場，他憤恨難平，未料自己一片誠心，卻換來他們的死路。那幾個被綁的狂屍和村人都昏厥過去，就此弄醒恐怕事情愈發糟糕，於是要兵勇先把他們放置一旁，待問清事實再回頭請罪。

再問下去也問不出所以然，等安置好狂屍眾人，他持著大刀押著十名兵進工坊。領頭的不敢抗拒，唯唯諾諾照辦，領張紀昂進入熱氣騰騰的工坊，不料他們一進門，立刻大喊有刺客闖入。

其中一人拉動木板，工坊立刻乒乒乓乓響徹，上百人立即湧入，張紀昂原本心裡就悶火，又撞見這等讓他蒙羞的陰謀，更是火上添油，一口刀也不留情朝衝上前兵勇身上拍去。

天鐵大刀沉重，拍到幾乎折手斷腳，張紀昂不想鬧人命，巧妙取了幾個角度擊暈來者，一路打進內部。張紀昂疾風之勢掃蕩眾人，無人能敵，數百人如同虛設，走往奔告，請求援助。

慌逃的兵勇喚來幾名孔武有力的哨官，但在暴怒的張紀昂面前不堪一擊，沒兩下只能倒在地上哀號。張紀昂發現工坊內部遠比外面看起來大，外頭看起來只占幾間房，實則內部全數打通，造了數十鍋爐，硝石柴火堆滿走道，除了少數用以淬鍊兵器，大多都是用來烹煉丹藥。

張紀昂見十幾個狂屍被切開四肢分類放置，二樓則有人將殘肢加上大量藥材投入爐內，下方則不停投入柴火保持溫度。工坊內熱氣沖天，張紀昂已是汗流浹背，汗滿面額。

「李總兵，出來！你不是答應要善待狂屍，要好生對待太平天國治下百姓，何故出爾反爾，此非君子所為！」張紀昂吼道。

工坊內已聚滿三百多人，但無人攔的住發狂的張紀昂。他一刀劈開大爐，湯藥便隨裂縫流出，那些他苦苦哀求才換回的性命全成一鍋湯水。他的理想、他的救民之心彷彿都被無情扔入鍋爐，化成烏漆發亮的湯湯水水。

驀然一道殺氣凝結空氣，張紀昂轉身提刀格檔，來者一掌拍在大刀上，張紀昂承不住力，連退數步，快撞上滾燙的鍋爐前才剎住。

張紀昂穩住下盤，果然看見劉三省如猛牛般朝他奔來，又是一拳擊往面門，張紀昂閃不過，被摺倒在地，他陌刀插住地面，握住刀柄撐起身體，朝劉三省腦門踹去。

「身體果然康復了，比以前還快。」劉三省以臂貼身，鞏著身體，如座大山擋下張紀昂。

「孫起，你不曉得禁令嗎。」

「劉大人，若在下不闖進來，就得眼睜睜看你們屠殺百姓。」張紀昂咬牙切齒道。

「你聽不聽解釋？」

「事實擺在眼前，您還要狡辯？」張紀昂迅速拔刀。

劉三省比他還快，瞬間鎖住他的喉頭，將之壓制在地。

「不想站著聽，也有其他辦法。來人，拿繩子來！」

一幫圍觀的兵勇急忙取來兩條繩子，匆忙綑綁張紀昂。張紀昂力氣大，連劉三省也快壓不住，胡亂綁好後一邊三人才勉強拉住他。

「這就是你們對待百姓的方法？」

「孫起，那些人是屍賊，是叛賊！」

「他們是人！」

這是他有記憶以來，對一位敬重的長輩如此失態，可他已不在意。他內心充滿愧歉，洪秀媜的諷刺與李總兵的承諾交疊成重擊，瘋狂捶打他的心智。

「他們已經答應要變回人，要做朝廷的順民，為什麼還要逼死他們？」

「是妖后的順民，孫起，你當真以為這些人心悅誠服，你以為那些被收復的地方是誰在背後搗亂。賊就是賊，殺一百次還是賊。」劉三省說得大義凜然，只換來張紀昂鄙夷。

「劉大人，」張紀昂一字一字咬牙唸著，「是您告訴我為救國救民可拋生死於度外，如今所作所為，無不是戕害良民。你今日殺一個，明日亂兵再起一百次，殺不盡，殺不完。」

「讓本官跟他說。」李總兵帶著親衛緩緩走來，示意劉三省退下。

看見主使者來了，張紀昂憤恨道：「總兵大人豈可言而無信，還是您一開始就不打算讓他們活！」

「孫起，原先本官只打算處理屍賊，但你帶回來可怕的消息，那就是這些人想變妖就成妖，這一個個擺著對朝廷、對我們都不是好事。哪日再起禍心，東南戰端再起，誰承的住。」

「都說狂屍想長生，真正想長生的是你們吧！」

「本官確實將狂屍煉成丹藥，販往京城各處。你投軍十年，知道朝廷不發餉，這麼多張嘴要養，總要想辦法營生，包括你身上穿的、用的，都是靠長生丹攢來的軍資。」

為何幾日內陵州城聚集這麼多商賈，一切都清楚了，都是等著將丹藥帶往各地。

李總兵要手下拖來一名村人，一刀剖開那人的軀體，「看見了嗎，這些人一滴血不流，再看他的心，黑的，這還算是人嗎？留著只會成禍害，倒不如斬草除根，還能滋養眾卒。」

殺得乾乾淨淨，遠比重新教化來的方便。

「比不上你的手段黑。」張紀昂恨自己不該說出實情，也不至於害村人沒有好下場。

李總兵走到他耳旁悄聲道：「人無好壞，只是站的位置不同。這些事情你早晚得知道，只是不該是現在。本官會送你出城，等破賊都，再與本官進京面聖，以你之功肯定能得到太后嘉許。」

「從一開始你就不打算放過任何人。」

「殺賊保民就是本官的初衷。張紀昂你給本官記得，這裡不是講情面的地方，莫要跟城外的洋人混了些日子，就忘了你在幹什麼。他們來為了錢跟宣教，而你，張紀昂，則是為了天下、為了朝廷、為了百姓，也為你自己。」

殺這些人是為了救國救民，那麼誰來救這些人？

張紀昂使勁擺動身體，一點掙脫的辦法也沒有。照這樣子看來，先前已經安生的狂屍治下之民將遭到清算，全投做長生丹。張紀昂想到這裡，不禁膽寒，也恨不得衝上前教訓李總兵一頓。

眼前一切忽然模糊，飄來一陣濃香，恍然看見洪秀媜風姿綽約的身影，她站在李總兵身後恣意大笑，嘲弄張紀昂的天真和愚蠢。那些人的樣貌如同狂屍，張紀昂已分不清楚到底為誰而戰，為何而戰。

他看見洪秀媜輕撫他的臉龐，臉上流露無盡之哀，似乎在為他犯蠢而死的人民哀悼。洪秀媜乎而幻化成霧，乎而發出笑聲。

「孫起，你可想明白了？」

「不明白……」這十年為何而活。

「欲成事，必先拋棄你的婦人之仁，你對屍賊仁慈，這仗才真正沒有盡頭，受苦的仍是百姓。大浪襲捲，你若非要昂首立著，只能活活嗆死。你，終究還是太年輕。」李總兵徐徐道。

張紀昂恍恍凝視洪秀娟飄盪的身影，不再反抗。李總兵以為他屈服了，便命人把他拉出去。

門外傳來一聲驚呼，警鈴再次大響，李總兵皺眉望著是誰又來攪事。

「妾身還忖陵州城怎麼如此熱鬧，果真看見不得了的事。」蘇我穿著一席盛裝追了進來。雖然身上無刀，打起來卻也沒人近的了身。

「蘇我上尉，本官沒記錯的話，常勝軍的營地在城外。」

「要是總兵大人沒老糊塗，應該也記得說過降者不殺。」

「本官沒有閒工夫說道理，你速速離去，本官便不計較。」

「這等事妾身可不能當作沒看見。」

「你不打算喝敬酒了？」

「看你們的樣子也不像個講理的，把人放了，否則別的都不用說。」

張紀昂猛然清醒，驚訝地看著蘇我。

「本官不跟你動手，請好自為之。」

「放是不放？」

「你來幹什麼，快走！」張紀昂喊道。

「這是我們淮軍的事，跟你這不男不女的傢伙無關。」劉三省指著蘇我。

見蘇我執意找麻煩，兵勇一擁而上，團團包圍。
「哼，不男不女好過背信棄義的小人。」蘇我冷笑道：「跟他有關的我偏要管。」
「如此莽撞，可不像常勝軍智囊所為，看來蘇我上尉也遇到軟肋。」李總兵不言苟笑，冷冷道：「拿下，捉活的給戈登少校。」
蘇我撞開一人搶了把刀，雖用不稱手，依然攻勢凌厲。李總兵知道這些兵勇不是對手，使了眼色給劉三省，劉三省得令以陌刀應戰，情勢立刻扭轉。蘇我本來就對淮軍沒好感，再者他看見張紀昂苦心守護的事物竟遭淮軍踐踏，心中也跟著惱火，因此下手絲毫不留情面。
刀光火影，鏗然鏦鏦，蘇我一會引火上刀，一會斬出雷擊，看得圍觀兵勇暗暗驚怕。但這些招式對身經百戰的劉三省起不了作用，他皮肉堅厚，靈識可聚成千鈞之力，每一劈猶可攻石破山。
劉三省用的是上好鋼材千錘百鍊冶煉過的陌刀，才禁得起千鈞力，相反蘇我隨手奪來的武器極不堪用，加上火燒雷鳴，沒幾下就成廢鐵，連換六把刀，也被劈壞六把。
蘇我屈居弱勢，看得張紀昂心急如焚，方才已讓他傷過一次心，如今又拖他入險境。第七把刀斷的同時，劉三省嗤道：「再打下去沒有意思。」
「打到底才知道。」
蘇我飛身翻了幾個筋斗，手上沒了兵器，只能被追著打。李總兵雖下令活捉，但劉三省力大，下手也沒節制，難保不會弄出幾個傷口，再說蘇我只能處於被動，還得防範周圍的兵勇冷不防突襲，再多體力也不夠耗。

劉三省逐漸將他逼至牆角，眼見就要無路可逃，一道身影倏地蹲在劉三省的陌刀上，瞬然持劍突刺，迫使劉三省收刀。

那飄忽如鬼魅、狂襲如疾風的只有一人。

「總兵大人，承你的讚賞，妾身絕對不做魯莽之舉。」

「代姊，大事不好了！」碧翠絲無心戀戰，焦急地跟蘇我交頭接耳。

「來了一位小姑娘又如何？」李總兵莞爾道。

蘇我嘆了口氣，抱胸搖頭道：「等會你便知道。」

在碧翠絲進來後，頃刻又狂奔進一名兵勇，他氣喘吁吁道：「稟報大人，屍賊出現了，前方四里處突然出現大量屍賊！」

李總兵這下坐不住，立即吩咐眾人出去城上守備，劉三省收起刀吆喝各哨傳令各營，剎那所有人都忙動起來，以最快速度做好準備。陵州城方圓五里插有嚴密巡視，狂屍不可能悄然躲過，恐怕那些人還不及回應便被殺光。

「你不要他了嗎？」蘇我叫住李總兵。

「你喜歡，先送給你。」

第七章　迷羊不返

工坊內的兵勇全數撤離，只剩下負責冶煉的鐵匠，他們楞著看完甫發生的鬧劇，默默收拾殘局。

蘇我跟碧翠絲趕緊上前替張紀昂解開繩子，張紀昂卻問：「奧莉嘉呢？」

「喂，明明是代姊拼命救你，你居然——」

「別說了，還嫌不夠亂。」蘇我輕聲指責。

「人家說的是事實。」碧翠絲嚅囁道。

「小甜心估計還在營裡，不過狂屍突然出現，常勝軍應該正在緊急調動。」

張紀昂本來以為又是碧翠絲從中作梗，但連李總兵都面露慌色，想必此事不假。蘇我也是一臉困惑，他原先忖讓碧翠絲帶著常勝軍進來談判，救走張紀昂，沒想到外邊竟出現更大的麻煩。

張紀昂狼狽的撿起躺在地上的天鐵大刀，蘇我質問道：「你打算去嗎？」

「就是嘛，他們這麼壞，別管他們了。」

「小姑娘，妳欠在下一聲道歉。」張紀昂在意的是方才見到的妖后身影，那並非幻象，而是妖后透露著某種訊號。他有預感接下來將會發生慘烈的戰鬥。

「我、我只是——」碧翠絲支支吾吾地看著蘇我跟張紀昂，這時候蘇我也不會幫她說話，她只好低著頭道：「對不起，可是人家只是覺得代姊比那個惡魔好嘛！」

「這件事在下心裡自有準，不勞費心。妳的道歉在下收下了。」

「你還想打，打贏了之後呢，殺光狂屍是你想見到的後果嗎？」蘇我不解地問。剛才張紀昂才因為狂屍的問題和淮軍撕破臉，現在又迫不及待上戰場。

「陵州城有難，在下不能坐視不管，剩餘的等打贏再說。」

「然後又重複一樣的事？」

「不知道，但在下仍會去做。」

「你的心裡是這麼想的嗎？」

張紀昂將大刀插回刀鞘，往城外的方向奔去，蘇我跟碧翠絲只得跟上。城裡已經傳遍狂屍奇襲的消息，睡著囫圇覺的各營兵勇被人從夢中撬醒，滿街都是慌忙披衣的兵勇，充斥各營官的吼叫與命令。

狂屍怎麼躲過嚴密的防線？如果只有少數尚可理解，但也不至於造成恐慌，據碧翠絲說來襲的狂屍部隊不下千人，這麼龐大的隊伍竟能無聲無息殺光巡哨挺進陵州城。

城外傳來巨響轟鳴，架在城頭的火炮已經展開嚇阻。在劉三省的指揮下，大半部隊整裝完畢，一部城前列陣，一部騎兵側翼突襲，準備將狂屍截成兩段再合圍阻殺。

這等先鋒任務張紀昂向來搶第一做，一把斬馬刀揮舞戰場，手起刀落眼不眨一下，每一回都將腦袋掛在腰間，從不打算活著回來。可是他已無滿腔熱血，盪不起激昂情緒，眼前飛奔的騎兵與他毫無關係，那些衝鋒的歲月彷彿化作風沙，只存在前塵。

以前他知道為何戰，那麼現在這條命該奉獻給誰？

「不想打就別勉強，送死什麼也改變不了。」蘇我攔住張紀昂。

「不打愧對朝廷，打了愧對百姓。」張紀昂楞望著呼聲震天的淮軍，彷若看一齣戲。他想前進，但身體太沉，拖都拖不動。

火炮又發射一輪，硝煙下肉眼已可見狂屍大軍，狂屍安靜地在炮火中昂然前進，猙獰的眼睛只有一個目標，殺光所有阻擋在前面的人。

「代姊，我們的營地出事了！」碧翠絲喊道。

「糟糕！」蘇我只得吩咐張紀昂別亂跑，先和碧翠絲回援毫無防備的常勝軍。

驀然狂屍暴吼如雷，竟躲開淮軍的伏擊，朝常勝軍撲進，常勝軍猝不及防，來不及調轉火炮，只能邊射擊邊退到城牆邊。狂屍突襲常勝軍，逼常勝軍往陵州城退，趁慌亂的常勝軍貼近守備的淮軍時一舉攻滅。

這一招出乎李總兵意料，但劉三省的兵已照計畫繞至側翼，一時間無法調回。城牆上的淮軍見狂屍跟常勝軍皆在射程裡，不敢再發炮，頓時失去火力優勢，李總兵遣來所有洋槍隊分成四列佈陣，並將火炮拉到門口，再由剩餘的騎兵前去扼住狂屍，形成一道防線讓友軍撤離。

李總兵指揮雖快，卻遠比不上狂屍，不一會常勝軍的大營已被擊破，士兵們各自逃散，慌亂地衝向淮軍。

張紀昂想到奧莉嘉還在城外大營，連賞自己一個巴掌，拾回思緒趕去救人，經過甫列好的炮陣，赫然聽見發炮指令，隨之掀起轟隆炮響。張紀昂不禁怒火中燒，厲聲詰問下令的哨官：「誰准你開炮，你沒看見常勝軍的人還沒全撤嗎？」

負責發令的哨官還不曉得工坊的事，以為游擊大人前來督軍，急忙解釋道：「張大人，洋人部隊裡不是有會術法，一發功能燒死上千屍賊的聖女嘛，只是不曉得他們怎麼搞的，被屍賊突襲一次就潰不成軍。大人，這是李總兵的命令，再說不發炮掩護，我們的騎兵就會被屍賊纏死。」

見到張紀昂可怕的神情，哨官只能驚恐地將責任歸到李總兵身上。

「不成，等他們撤退完畢才准發炮。」

這倒提醒了奧莉嘉乃賜福之人的事實，即使遭到奇襲，以她的能耐應當三兩下就能扭轉局勢。但截至當前，常勝軍卻兵敗如山，那個背上長了三對白翼，須臾殲滅千名狂屍的熾天使毫無反應。這令張紀昂不寒而慄。

那名哨官也不管張紀昂站著呆想，說到底只是個手中無兵權的武官，論品級論實權哪裡比的上李總兵，因而下令再炮轟一輪。

炮聲提醒張紀昂沒時間杵著，他加快步伐，詢問驚慌失措的常勝軍士兵有沒有看見蘇我等人，循著探來的消息狂奔主營駐地。轉眼他來到已經倒塌的主帳，蘇我握刀踩在一根傾倒的旗桿上，一旁倒下兩個遭烈火紋身的狂屍屍體。碧翠絲從進犯的狂屍腹中迅速抽出軍刀，緊接著又在脖子劃了兩劍，讓對方一聲不吭送命。

哈勒抿唇倒在地上，胸口有幾處創傷，右手臂則被削下一大塊肉，白袍前的金邊十字染成血紅，左手緊緊捏著那條銀製的魚項鍊。奧莉嘉神情呆滯地跪在哈勒身旁包紮傷口，拿著繃帶胡亂捆著哈勒的手掌。

果如張紀昂所料，奧莉嘉失神了，才會讓狂屍肆無忌憚。

「讓在下來吧。」張紀昂拿走繃帶，替哈勒重新包紮。

奧莉嘉毫無反應，直愣愣地看著張紀昂，眼裡失去神采，纖細的身軀彷若一副精緻傀儡，連那頭閃耀的金髮也死了似的

「奧莉嘉嚇壞了，狂屍突襲的方式讓她想起家鄉遭到屠殺的樣子。」哈勒虛弱地說。

張紀昂連忙拉起她，喊道：「醒醒，奧莉嘉，是我啊！」

「沒用的，小甜心的意識已經回到家鄉被屠殺那日，你快帶她跟哈勒走，這裡由妾身斷後。」

張紀昂不死心的搖晃奧莉嘉的身軀。

「你還看不明白嗎，有人抓住小甜心的弱點，趁機造成混亂，好讓她無法作戰。」

「不可能啊，狂屍怎麼會知道奧莉嘉的事情——」綜觀全局並施展這個詭計的只可能是妖后洪秀媜。

對奧莉嘉而言哈勒就是她離開家鄉後唯一如同親人的存在，狂屍故意趁夜偷襲，就是要讓奧莉嘉憶起那夜的畏懼。

「快點，狂屍又來了！」碧翠絲焦急地說。

此時不容張紀昂多做猜想，又一群狂屍蜂擁而入。

張紀昂將大刀挪至胸前，讓哈勒趴在背上，再抱起奧莉嘉，拔腿奔向陵州城。

「我看見、帶頭的將領，是……」哈勒氣若游絲，吃力地想告訴張紀昂一些訊息。

「省點力氣，等安全了再說。」張紀昂不用猜想，除了洪秀媜外別無可能。

「——皎天。」

張紀昂差點沒把人從背上摔下去，他重新調整重心托住哈勒，以為哈勒是傷重了才胡言亂語。錫城野戰時所有人親眼見到皎天自剖心而死，蘇我也說看見皎天被火化，狂屍雖有刀槍不入的堅厚皮肉，也不可能化成灰後又復活。

「錯不了，那個將領正是皎天……」哈勒喘了口氣，繼續道：「他假意攻擊陵州城，實則針對我們，不對，他的目標是奧莉嘉。」

抱在懷中的奧莉嘉一臉茫然，空洞的眼神無聲哭訴戰火無情，如果不是她略略發抖的身軀傳來熱氣，會讓人以為她已經變成冰冷冷的屍身。哈勒說過發現奧莉嘉時她像是被抽乾靈魂，恐懼支配著空殼般的身軀，彷彿沒有絲毫情感的血人站在一堆痛苦的殘軀上。

此刻奧莉嘉正重回當時的恐懼，平時越淡然，害怕時反噬的更加厲害。奧莉嘉一直藉由向真主祈禱取得心靈平靜，像是走在鋼索上努力維持平衡，她的善良和純真依賴著信仰維護，隔絕外頭無窮無盡的可怕回憶。

一旦刺破她的防護網，那張最純淨最潔白的畫布將迅速被濃烈的黑湮沒。

「孫起，保護奧莉嘉，別讓她害怕……」

「不用你交代，這個在下自然會做。」

眼看就要抵達炮陣，穿過那些大炮就是城門。

猝然一個魁梧的身影從天而降，一手抓起炮口扔出數尺，那人身材巨大，紅髮如火，一張白臉凶光畢露。炮兵見到突然出現的紅髮怪物，驚愕地不敢動作，直到他衝入陣地大開殺戒，才有人嘶叫逃離。

張紀昂連忙剎住，欲繞開炮陣從側邊逃回去。

「張紀昂，久違了，將賜福之人交給我，可饒你們不死。」倏地怪物擋住張紀昂。

哈勒沒有胡說，那個紅髮怪物的確是皎天。

張紀昂在心裡搗鼓不可能，除非皎天原本就不是人。

這時張紀昂懷中抱一個，背後揹一個，根本空不出手應戰，只好一個轉身逃開。只是拖著兩個人怎跑的過皎天，不一會又被追上，皎天從上方掃來利爪，張紀昂閃避不及，只得側著身子倒地，避免碰撞兩人。

但哈勒已沒多少力氣，這一撞便抓不住張紀昂，直接滾落。未料皎天竟殺向哈勒，在他胸前多劃幾道口子，千鈞一髮之際蘇我趕了上來，一刀擋住堅利的爪子。

蘇我驚訝地看著早該化做灰燼的皎天，趕忙扶起哈勒，交給隨後跟上的碧翠絲照料。

皎天與蘇我展開交戰，一時星火飛濺，雷響金鳴。

張紀昂趁他們交鬥時趕快帶奧莉嘉逃，前方又殺出幾名狂屍，張紀昂乾脆解開刀鞘，一手摟著奧莉嘉，一手持天鐵大刀。天鐵本就沉重，張紀昂平時還得雙手拿著才能發揮力道，如今單手頂多嚇阻狂屍。

正當張紀昂和狂屍交纏酣戰，皎天溘然殺至跟前，張紀昂立刻備感吃力，單手持刀讓他臂膀漸麻，逐漸使不出力。回頭一瞥，發現蘇我被數十狂屍圍攻，腳邊雖躺著許多焚焦的屍體，狂屍卻有增無減。碧翠絲護著哈勒展現不出她得意的速度，因而也打得相當費勁。

方才被皎天弄亂的炮陣重新集結炮轟狂屍大軍，城外陷入一片混亂，硝煙瀰漫，殺聲不絕。突然張紀昂聽見一聲慘叫，趕緊回頭一看，竟是碧翠絲受傷，兩名狂屍趁機拖走哈勒，這邊皎天也不糾纏，迅速奔過去捉起哈勒當作人質。

「張紀昂，交出賜福之人，否則他將受千刀萬剮之苦。」皎天大喊。

奧莉嘉猛然推開張紀昂，痛苦地看著哈勒。

「別過去，這裡有我在，沒人可以傷害你們。」張紀昂衝上去攔住奧莉嘉。

但奧莉嘉看見的不是哈勒跟張紀昂，不是狂屍和淮軍。

她看見手無寸鐵的族人慘遭屠殺，炮火如惡魔無情地、貪婪地吞噬她美好的家園，族人慘叫怒吼哀號，每一聲都痛斷肝腸，卻傳不到他們信仰的神耳中。鐵蹄踐踏田地，摧毀她熟悉的一切，她又回到那個無助的、黑暗至極的夜晚。

數不清的狂屍擋住蘇我跟碧翠絲，怎麼殺也殺不完。

皎天輕輕在哈勒身上割下一痕，接著又一痕，哈勒雖然沒發出哀號，痛苦已完全表現在臉上。每割一下，奧莉嘉便痛苦一分，彷彿滴落的是她的血。

「奧莉嘉！快醒醒！」張紀昂嘶聲大吼。

但奧莉嘉聽不見，她的魂已不在帝國，不在陵州，而是孤單害怕的飄搖於遙遠家鄉。

忽然一支疾箭飛穿漫漫煙霧，射中皎天的腹部，引起一陣驚呼，莫說彈藥傷不了皎天，普通箭簇碰到那身堅硬的肉體早就銷壞。眾人正疑惑時，李總兵穿著盔甲攜著一把鐵色王弓徐徐走出煙霧，他目光精練氣勢洶洶，站定隨即從箭筒取箭搭弓，一箭刺穿迎面而來的狂屍，繼續飛向皎天。

皎天削斷飛箭，李總兵再搭三箭，三箭破空而馳，皆射中皎天。

「此等貨色也值得你酣戰未休？」

蘇我等人訝異李總兵竟有此神力，不禁暗暗佩服。

皎天拔出箭簇，不屑地道：「好個辮賊，連他的命也不管。」

「本官箭無虛發，下一箭就要你的命。」李總兵隨即又搭一箭瞄準皎天腦門。

張紀昂阻止道：「總兵大人，他能死而復生，殺之無用，不如先想法子救回戈登少校。」

「他活一次，本官便能殺他一次。」

「不准！」

「孫起，方才在工坊本官不向你出手已是最大的容忍，你若再攔，便是貽誤戰機，到時本官絕不留情。」

幾名親衛趁機衝上前逮住張紀昂，李總兵毫未猶豫發箭，未料一陣怪風打偏飛箭路徑，居然射中哈勒右胸。

「哈勒！」蘇我跟碧翠絲同時大叫。

「怪哉，是誰從中作法。」李總兵狐疑道。

「啊、啊，的，嘶、啦，嗎嗹……啊的嘶、嗎、嗹……」奧莉嘉突然斷斷續續說起家鄉方言。

張紀昂知道哈勒中箭的一幕壓垮奧莉嘉僅存的理智，從鋼索上摔落幽暗可怕的深淵，他只能心急如焚喊道：「奧莉嘉妳聽見了嗎，我是張紀昂啊，奧莉嘉！」

李總兵也感覺到不對勁，立即要所有人撤開。

第一對羽翼如含苞待放的花綻開，接著第二對，在第三對羽翼盛展的同時，三對白羽剎那成黑，猶如凝聚了世上最黑暗邪惡而成的物質，強烈的惡澈底支配奧莉嘉的身軀。

在夜色中詭譎閃爍的黑羽如蒲公英翩翩飛離，然後旋落成風，狂屍碰者灰煙湮滅，人碰之頃刻七孔流血、扭曲痛苦至死。一眨眼不分狂屍、淮軍，上千人應聲而倒，捉住張紀昂的親衛也紛紛逃開。

「哈哈哈，哈哈哈。」

張紀昂聽見有人開懷大笑，但四望下有誰笑得出來，他只看見人們驚惶逃逸，連無所畏懼的皎天也怕了，在這股壓倒性的力量前他如同草芥。

「原來如此，這才是她真正的模樣，怪不得他們垂涎欲滴。要是本官有了她，何愁狂屍。」李總兵讚嘆奧莉嘉的強大。

那道黑光飛往四面八方，飄散的黑羽忽而聚雲，驟然化如散花，片片吸取生命，彷若司命使者恣意取走生靈。奧莉嘉越是痛苦害怕，那股力量也作用的越強。

張紀昂解下沉重的天鐵大刀奮不顧身衝上去，李總兵捉住他道：「你瘋了嗎，貿然前去無疑送命。」

「我不怕。」張繼昂掙開束縛，頂著銅牆鐵壁般的惡氣奔至奧莉嘉身後。

此時奧莉嘉如同毀滅天地的風暴，足以摧毀一切敢接近她的事物。羽翼輕揚，羽花曳動，瞬間就在張紀昂身上劃出傷口，張紀昂繃緊身子凝聚靈識，作為護盾總算順利靠近。

只是張紀昂雖將靈識發揮至極，卻也快速蒸逝，強逼身體負荷的下場必須不只以陽壽為代價，更可能元神具滅。但張紀昂不怕，要是保護不了想保護的人，苟存一條性命亦無意義。

「你這個大白癡，你以為有幾條命可以死！」蘇我激動地衝上去，碧翠絲見狀趕緊抱住他的大腿。蘇我只能掐著手臂逼迫自己冷靜，他不能攪和進去。

皎天把哈勒輕輕放下，文風不動靜靜看著這瘋狂的局面，似乎目的已達成，接下來便生死由天。狂屍也不跑不喊，像是早設定要接受這樣的結局，一個個欣然變成灰燼。

張紀昂終於環住奧莉嘉，牢牢緊抱不放，那些黑氣迅速竄進他的體內，一股灼熱傳遍全身，從骨從髓瓦解他的生命力。

「妳快停止啊，我是張紀昂，我就在妳的身旁，不用害怕了，我會保護妳陪著妳的……」

奧莉嘉沒有反應，只有恐懼化成源源不絕的能量佔據她的身體。

「孫起！」看見城門附近發生異變的劉三省策馬趕來，憂心忡忡地提起大刀想上前解救張紀昂，方一近身就被彈飛數尺，精工打造的大刀頓時碎成數塊。

劉三省不敢置信地看著刀柄，再望向張紀昂，這得有多大的覺悟。

「別動，她可以毀掉我們的靈識。」

「我不能眼睜睜看孫起死在那女人手上。」

「本官明白。」李總兵要劉三省退至一旁，將王弓立於跟前，破除靈識打通經絡穴道，一身甲冑縈繞劇烈光芒。

這時任張紀昂怎麼喊也喚不回深陷悲慘回憶的奧莉嘉，他的氣力也將枯竭。

「聽令於朕，朕自能保汝等安全。」洪秀媜的聲音盤繞於耳。「成為朕的義人，替朕完成千年王國大業，汝要的朕都能達成。」

但張紀昂看不見人影。

「汝還想見她痛苦？只要汝願跪拜於朕，降伏稱臣，小美人再也不用受此痛苦。」

聲音不停響起，直通張紀昂內心。

張紀昂鼓起全身肌肉，耗盡靈識壓制潛伏在奧莉嘉心中深處的恐懼，他要把奧莉嘉從深淵拉回來，變回那個純淨的、會為所有人的不幸而哀傷的少女。

奧莉嘉忽然疲軟倒地，張紀昂卻拉她不住，三對羽翼豎起若刀，天上盤旋、地上湧動的黑氣突然全收回到奧莉嘉身上，接著時間跟聲音都暫停了，張紀昂眼前閃過一個烈火燎原的畫面，熊熊惡火將吞沒位於河畔的寧靜村莊。

答。

黑氣突如噴泉爆發，張紀昂的靈識倍速消耗，似有無數勾爪勾住骨頭使勁的拉扯，張紀昂咬得嘴唇滿口血，半個聲響也不敢發，生怕若連他也流露痛楚，奧莉嘉更無法從悲苦中解脫。

暴躁的氣流聲響裡傳來微弱的禱聲，那是哈勒以誠摯的聲音向真主祈禱，儘管他勢如殘燭，必須藉著碧翠絲攙扶才能跪地進行禱告，再禁不起一絲摧殘，仍期盼能讓奧莉嘉想起人世的愛，喚醒她虔誠為世人祈福的光景。

「奧莉嘉，拜託妳醒來吧！」

猛然「咻」一聲震破夜空，一支金光巨箭伴隨龍吟虎嘯破空射來，猝然箭身幻化游龍貫穿黑氣，金光溢散渲亮奧莉嘉木然的臉龐。

李總兵身後屹立著一名黃臉黑甲、虎背猿臂的巍峨神將拉開萬石神弓，取靈識為箭再發三矢，箭出化龍，興風起霧，雲色瞬時變化萬千。奧莉嘉奮翮騰空，翎羽迅速擴長連同張紀昂一同裹住，形成一顆球狀，黑翅搧出一道狂風攫住疾勢之箭，倏忽龍吟驟停，散落無數金鱗雨。

奧莉嘉振翅一擊，霎時神將冰消瓦滅。

李總兵元氣大傷，一時竟起不了身，得靠著親衛扶著才能起身。

再無人能攔住奧莉嘉。誠如妖后所言：被這股力量控制，成為令人膽寒的怪物。

「張紀昂，打開你的眼睛瞧瞧。」

妖后的聲音再次響起。

張紀昂赫然驚覺身處一片焦土，明亮的月色照映地面血流成河，柔和月光輕撫失去生命的軀殼。只有一個少女絕望的活著，她仰望皎潔明月，緊閉的唇似乎想問上蒼為何降下此等禍端。

滿身腥血的奧莉嘉默默走向巨大的黑暗，她要把靈魂長眠於此，永生鎖在煉獄。任張紀昂怎麼拖也拖不動，怎麼喊怎麼吼她都充耳不聞。

「這裡就是小美人的內心，很陰暗對吧，無論向真主祈禱多少遍，都避免不了與生俱來的命運。看清楚了，這就是她所信仰的、朕那個無所不能的天父給予的殘酷命運。」洪秀媜現身在張紀昂面前，那張妖冶的臉孔緊貼著他道：「小美人即將被『賜福』的力量關進深淵，一旦她封鎖了自身靈魂，到時奧莉嘉再也不是奧莉嘉，而是變成人人垂涎的可怕兵器。」

張紀昂推開洪秀媜，怒吼道：「這一切都是妳的陰謀！」

「那身力量並非朕給予的，但朕可以解決這個麻煩。不錯，朕確實渴望寄生於小美人身上的力量，對控制不了它的人而言那只是罪惡，對天真純潔的小美人來說只是毀滅人生的災禍。」

即使洪秀媜不耍詭計逼出奧莉嘉身上作祟的力量，總有一日她也必須面臨今日。

「妳不是傲視天下無所不能的太平天后嗎，取走那該死的東西啊。」張紀昂服膺了。

「無所不能這句話言重了，唯有汝成為朕的義人，朕才能取得夢寐以求的力量。那股力量深鎖在小美人體內，而你正是打通通道的橋樑。」洪秀媜解釋道。

張紀昂不明白他跟奧莉家生長在一東一西，生活於完全不同的文化背景，為什麼之間會有千絲萬縷的關係。若這些都是命數，那麼昂字營遭殲，他被奧莉嘉救，全都是某種超乎他們想像的力量掌控嗎？

「朕明白汝的疑惑，若要以汝熟悉的方式解釋，這便是你們的緣分，也是造化牽定的宿命。張紀昂，汝跟奧莉嘉對朕而言缺一不可，在難以計數的歲月以前所預言的最美好的千年王國將在朕手中完成。」洪秀媜從背後溫柔地摟住張紀昂，柔聲細語道：「世上再無痛苦，一切不公不義終將消滅，而汝便可攜著她愉悅的、沒有一絲煩惱的生活在朕打造的樂土。張紀昂，難道這不是汝孜孜矻矻盼望的未來。」

洪秀媜婉轉清脆的嗓音輕輕流淌張紀昂耳畔，勾起他一直懷抱的憧憬，人人安居樂業，他可以永遠塵封天鐵刀，退隱田園無憂無慮。

「滅了朝廷就能保天下太平？」

「哈哈哈，東土只是起始，朕的樂土將如繁花開遍每一寸土地。」

「妳不就是想當皇帝。」

洪秀媜看出他心有困惑，抬起他的下巴問：「汝為何遲疑？」

張紀昂甩開洪秀媜冰冷的指尖，正義凜然道：「我受聖人之訓，學忠義之事，豈能背棄朝廷，做人不忠不義的叛賊——」

「呵呵，汝說那些殺降之人虛偽，汝也不遑多讓。既知腐朽難救，何不棄暗投明。」

「誰是暗，誰是明。」

「藏在汝虛偽言詞下的才是明。說穿了，汝只不過想找藉口掩飾真實情感，只可惜，汝已無時間矯情。」洪秀媜瞥向懵懵走向黑暗的奧莉嘉，「千言萬語，不過一字情，一字愛，對吧？」

洪秀媜一語道破張紀昂的桎梏。

「豈能因兒女私情斷送忠義……」

「只因汝是有七情六慾的人。愛不可恥，人人若似汝這般，以小愛而成大愛，世上便再無紛爭。」

「是……」

如果連最想守護的人都救不了，更不用談去救其他人。然而這不僅為還一命，更為在心裡扎根的感情。人說到底是自私的。

「時間不多。」洪秀媜提醒道。

揮斷心中罣礙，無怨無悔。

「我聽妳的，但聽清楚了，我是為救奧莉嘉，並非服從於妳。」

「好。」洪秀媜憑空變出一把未開刃的劍，劍上有兩個倒十字交疊的紋路。她要張紀昂跪下。

張紀昂默然下跪。

「從今往後汝將成為朕最虔誠義人，想朕所朕，愛朕所愛，汝可允諾朕？」

「是。」

洪秀媜用劍拍向他左肩。

「汝可允諾朕？」

「是。」

劍再拍右肩。

「張紀昂，朕在天都等汝。」

驀然一束光纏繞張紀昂，哀傷的世界消失了，只剩兩人浮在無邊無際的虛空，張紀昂感覺血液迅速流動，並與奧莉嘉相連，此時他能感受奧莉嘉的情緒湧進體內，那是悲傷、害怕與無助的集合體。

光漸漸消散，延展出盛開百花的原野，張紀昂倚著一棵參天巨木盤坐，和煦陽光穿過枝椏的隙縫灑在身上。奧莉嘉躺在他懷裡，露出安詳的睡顏，恐懼退色還回那張皎潔而寧靜的臉孔，變回不染俗泥的蓮。

清風徐徐揚動髮梢。

一如他初次與奧莉嘉相見的場景那般美好，只是這次是他擁著奧莉嘉。

「妳醒了？」

「嗯。」奧莉嘉眨了眨清澈的眼眸，像是剛做了一個美夢，似已忘卻那些混亂。忘了也好，本就不該帶著這麼沉重的回憶。

「奧莉嘉，不要怕，我在妳的身邊。」

奧莉嘉起身坐到張紀昂身旁，以平淡的口吻問：「你說要在月圓之夜說什麼？義人？不是。

「我，只是想說，奧莉嘉，不要怕，我會在妳身邊。」

奧莉嘉似懂非懂，像個孩子依偎在張紀昂肩上。

「謝謝。」

※

在張紀昂向突然冒出來的洪秀娫下跪臣服的同時，混亂結束了。詭譎天色風輕雲淡，天地重歸寧靜，只留下滿目瘡痍的大地。

皎天率領停止狂躁的狂屍離去，李總兵也下令終止攻擊，兩方默契地各自退出戰場。空氣裡的腥臭提醒眾人這並不是夢。

其實不消李總兵的將令，淮軍便因驚愕張紀昂的舉動而遲疑，然後晚風又起，他們身上殘餘的恐懼明白述說眼見皆是真實。那個抱著為國為民、立誓救民於水火的張紀昂變節了。

但張紀昂並沒看見周圍詫異的眼光，此時他正倘佯美麗的幻夢，若夢能永恆，寧願將夢裡的祥和當成真實，但那片壯闊美好的原野終究變成一幕黑影。

醒來時他纏滿繃帶躺在大牢，手腳皆被鐵鍊鎖住。

負責把守的衛兵聽見動靜，立刻前去稟告劉三省。張紀昂睜開眼所見是髒污的牢籠和劉三省慍怒與不解的眼神。

衛兵打開牢門，劉三省走到張紀昂身旁，嚴厲地詰問道：「我等了整整一天，你可知道自己犯了滔天大罪。」

「在下只知道救了人。」

「荒唐！陣前投敵，罪惡當誅。」

「在下愧對朝廷，但對的起自己。」

「你什麼時候成了情種，竟為一個洋人斷送前程。」

「劉大人，張紀昂成為你們絆腳石的那刻起就無前程可言。」

「顢頇至極，你當真以為救的了那洋女？總兵大人已經將她逮了，正在堂前聽候發落。」

張紀昂一聽立馬激動地晃著鐵鍊，「奧莉嘉不是淮軍，更不是朝廷轄下的子民，你們憑什麼捉她，戈登少校也不會答應！」

劉三省嘆了一口氣，慍怒之情轉為不捨，「孫起，你做事就是太一意孤行，別人怎麼攔怎麼勸都沒用，世上的事縱橫交錯，豈是你想如何就成嗎？」

「你們把奧莉嘉怎麼了，她現在只是個普通人！」

劉三省掐住他的嘴，急促地道：「安靜點聽我說，現在這事已經不是戈登或李總兵能管，你可知道你昨晚幹的好事是逼她上絕路。一清早總兵大人便命人到城外大營捉她回來。」

張紀昂拚命反抗，明明他已經替奧莉嘉解脫，怎麼會是害了她。

「你若不信可以跟我走一趟。」劉三省扯斷鐵鍊，將張紀昂拖起來。

「這定是總兵的陰謀，把戈登少校找來，他必能保奧莉嘉安全。」

「人都在，只缺你一個死心眼的。」劉三省親自押張紀昂出牢。

昨夜張紀昂為保護奧莉嘉不惜耗盡靈識，因此身體異常虛弱，簡直比普通人還不如，想反抗劉三省更是以卵擊石。

劉三省把張紀昂扔到馬背上，快馬加鞭奔馳李總兵的臨時官衙，李總兵的親衛一見到張紀昂立即拖人下來，一勁拉到堂前。李總兵威風凜凜坐在上面查閱卷宗，瞥了眼張紀昂的狼狽樣，道：「想必劉大人已經把事情交代清楚。」

「總兵大人，您要跟張紀昂過不去都無所謂，但奧莉嘉是無辜的。」

「看來劉大人解釋的不夠周全。不打緊，本官替你細細道來。」李總兵放下卷宗，示意親衛放開張紀昂，綹著鬍鬚道：「在你下跪向妖后臣服之前，本官尚且相信那名洋女無辜，不過現在不同了。」

「大丈夫敢做敢當，我跪妖后我認栽，但與奧莉嘉沒有關係！」

「你這小子還是這麼莽撞。」李總兵從一疊文書裡抽出幾張文件，吩咐人遞給張紀昂過目。

文件上寫滿密密麻麻的符號，張紀昂一個也認不得。

「此乃一個月前五國公使寄來的文書，大抵講述同一件事，要求本朝引渡極度危險戰犯『惡魔』奧莉嘉回去。」

張紀昂呆愣地看著那幾張看不懂的天書。

「莫告訴本官你不曉得她的往事。」

「知道又如何，難道總兵大人也覬覦二十萬鎊賞金？」

「這筆懸賞雖非小錢，但本官只在意屍賊未滅，無以安憂。但五國公使不這麼想，信上寫的明明白白，奧莉嘉姑娘在西洋被稱為『惡魔』，乃不折不扣的妖女，五國公使認為本朝故意隱蔽此事，藉故包庇。」

「子虛烏有。」

「但你昨日跪拜妖后，豈非承認奧莉嘉姑娘乃是妖后的左膀右臂？」

「那是為了救奧——為避免大家慘死橫禍，若我不這麼做，如何阻止奧莉嘉狂暴，別忘了連總兵大人您喚神都抵擋不住。」

「好個避重就輕，這當口那一套仁義說詞已經不管用，多少雙眼睛看得一清二楚，你以為她還能與妖后擺脫干係？為什麼妖后可以阻止她，這裡頭千絲萬縷不言而喻。」

「總兵大人，你拿這幾張沒人看得懂的紙就能信口編造？還是總兵大人打算改當說書的。」

「來人，看戈登先生到了沒。」

劉三省抱拳道：「已在門外等候。」

「還不速請。」

不一會哈勒走進大堂，昨夜他雖遭皎天傷害，但皎天只是要以他為餌，大多作勢嚇唬，實際下手不重，李總兵射中的那箭只淺入半分，因而外傷雖多，倒無真正傷筋動骨，只是走路稍緩。此時哈勒眼裡卻閃爍不安。

蘇我則在隨同在旁。

「本官知道戈登先生身上有傷，若非為五國公使引渡奧莉嘉一事，也不敢勞動。請坐。」待哈勒坐定，李總兵指著張紀昂手上的文件，問：「戈登先生，想必你也收到那些信，並且對整件事的來龍去脈一清二楚。」

「是的。這些信確實是各國公使派發，其中也包含敝國。」

「本官若沒記錯，貴國早於半年前便多次發下公告，但不知戈登先生是軍情耽擱還是故意置若罔聞？」

「奧莉嘉不是惡魔。」

「白紙黑字在此，本官又能如何。再者常勝軍乃貴國鼎力協助，本官豈能對貴國公使的要求視若無睹。另一方面，昨夜與屍賊一戰已把事情理的明白。」

「這事不是真的吧？」

張紀昂期盼能哈勒能像往昔那般義正嚴詞訓斥李總兵，但哈勒深鎖眉頭，也鎖著說不上來的辛酸。當年他在血泊中找到奧莉嘉，背著祖國活捉的命令偷偷帶她隱居鄉野，教導真主教義，便冀望藉此馴服奧莉嘉體內祟動的力量。

「總兵大人認真辦事的樣子真教人激賞，像極了叼著獵物向主人搖尾巴獻殷勤的獵犬。」蘇我伶牙俐齒回應道。

「你這不男不女的膽敢大放厥詞，嘴巴不放乾淨點我要你直進橫出。」

「不男不女尚且是人，總好過自以為是人卻幹著齷齪勾當的兩腳畜牲。」

「退下，不得對蘇我上尉無禮，蘇我上尉只是心繫奧莉嘉姑娘。」李總兵起身走至堂下，來回踱步道：「無論如何，諸國指命要人，此事已非淮軍或常勝軍可以插手，況且太后早已頒下懿旨，要本官查辦此事。不瞞二位，本官已搪塞數次，如今到了這份上，再不從便是抗旨，欺君叛逆之罪本官擔待不起。」

張紀昂不在乎被插針帶刺嘲諷，只在意奧莉嘉的事情，他堅決道：「若要引渡奧莉嘉，我就殺出一條血路。」

「小崽子差點命都沒了，連出這大門都沒能耐，還妄想跟西洋五國為敵嗎？」劉三省說的真切，莫說張紀昂一人，就是舉帝國之力也不能跟船堅炮利的西洋五國叫板。

一直保持緘默的哈勒制止張紀昂，沉痛地說：「孫起，這事的確牽扯太深，不能單怪總兵大人，若說誰有錯，我第一個難辭其咎。我受女王陛下與坎特伯里大主教的指派前來管理常勝軍，當時和坎特伯里大主教祕密討論後，我們一致認為帶奧莉嘉討伐異端有助於洗刷『惡魔』之名，並讓她更貼近真主的旨意。但現在看來我們的決定似乎過於急躁。」

「天意難料，戈登先生也是一片好心，莫要過於自責。」

「奧莉嘉既在你手上，不知總兵大人打算如何處理？」蘇我問。

「本官雖憑公使信函扣押奧莉嘉姑娘，但分毫無犯，在府邸中好生安置。接下來只等與戈登先生協商。」

「奧莉嘉已沒有那身力量，五國公使要之何用？」張紀昂壓抑住情緒。

「但他們不知道，就算告知了，你認為結果如何。」

「那些大國狼子野心只求利益，跟他們談道理只是浪費時間。」蘇我說。

「蘇我上尉認為該怎麼做？」李總兵莞爾。

「何必多問，自是保護奧莉嘉。」

「想來孫起也是一樣想法吧。你們這麼看重奧莉嘉姑娘，本官甚是感動，能得厚愛者絕非奸佞。」

「我的想法跟他們一樣。」哈勒盯著李總兵道。

「正好，本官也有個想法，不如入內詳談，奧莉嘉姑娘就在內室，戈登先生可前去探望。來人，關堂門，沒有本官命令不得打擾。」

哈勒頷首，已和李總兵想到一塊去。張紀昂滿腦子混沌，只要有解套的法子便好，於是眾人達成共識，齊往內堂移動。不過蘇我被攔了下來。

李總兵和藹笑道：「抱歉，蘇我上尉，必須請你在外邊稍等。」

不等蘇我抗議，哈勒也拍了拍蘇我的肩，道：「沒事的，我們會想出最好的方法保護奧莉嘉。」

既然連哈勒都這麼說，蘇我便只能乖乖在外面等候。

進了內堂，三人一路沉靜地進入一處廂房，李總兵看著對面有四個衛兵把守的房間道：「奧莉嘉姑娘就在那間房，不如本官先給點時間讓兩位敘談？」

「快告訴我有什麼辦法！別賣關子，到底有什麼方法儘管說，我連死都不怕。」

李總兵打開門，請兩人分別坐下。

「借刀殺人，危險，但這是唯一的方法。」李總兵用手刀朝自己脖子劃一痕。

哈勒聽了後隨之頷首，唯有張紀昂猜不透他們葫蘆賣什麼藥，急忙問：「什麼意思？」

「刺殺妖后。」李總兵一字一字，如刻在張紀昂耳裡。

李總兵認真的神情不像是玩笑話。

哈勒接著李總兵的話說：「只要洪秀媜死了，就可以捏造奧莉嘉在刺殺過程中光榮犧牲的假消息，現在沒人會懷疑洪秀媜的力量，自然也不會質疑奧莉嘉為了殲滅她而選擇同歸於盡。」

「刺殺……談何容易。」

「你不願試？」

「我……」張紀昂當然願意，只是他也自知以目前的狀況根本連洪秀媜一根毛髮都碰不到。

「本官知道你的顧忌。這本來是最後的手段。」李總兵往桌上瞥了一眼。

張紀昂這才發現房內的桌子上有一個褐色正方形的小盒子，李總兵小心翼翼打開，盒內裝著一塊黃色絨布，再掀開絨布則包著一把發出紫豔光芒的鋒利匕首。

「荒唐，天鐵刀尚無法傷妖后一分，這把小匕首又能如何？」

「果然是背聖樹的花。」哈勒講起這把匕首的來歷，「我想你已知道真主之子彌賽亞被自己的門徒背叛而釘死在十字架的故事，後來這位門徒受不了良心譴責而吊死在紫荊樹上，所以我們也把紫荊樹稱為背聖樹。」

「天下若有一樣東西能夠殺死自稱真主之女的妖后，恐怕只有害死她天兄的叛徒之血。這項寶物正是戈登先生方才提及的坎特伯里大主教交由公使，再轉交到本官手上，遽聞是從那位叛徒上吊之樹採下的花瓣，加上恪守真主教義、服從戒律的修士修女鮮血，再把匕首放入浸泡而成。」

「總兵大人博學多聞。」

「哪裡，不過是將文書所寫照念一遍。」

「既然有此神器，何不早些使用？」

「試問有誰近的了身？不過現在有了。」

張紀昂已然明白兩人的計策，是要他詐降，取得洪秀媜信任再趁其不備刺殺。洪秀媜極其敏銳，這個任務可謂艱鉅而危險，要是蘇我知道這件事必定會大力阻攔。

李總兵滿意地笑，這個任務確實只有張紀昂能夠勝任。

「莫非總兵大人早已想到這一步？」哈勒問。

「非也，本官豈有神通，只是昨夜之事靈光忽現。殺了妖后，不只救奧莉嘉姑娘的命、解決朝廷心頭大患、戈登先生也能功成身退。孫起，若你成功回來，不只成就名聲，亦可只羨鴛鴦不羨仙。」

「還可保總兵大人官運亨通。一石數鳥，算無遺策。」

「戈登先生的語言真是越來越精練，但本官漏算的多，不過是將計就計。」

儘管哈勒深知李總兵的想法沒有這麼單純，那抹慧黠的笑容裡藏著太深的水，但同舟共濟，大家都必須航過怒濤，因此哈勒無法拒絕這個提議。

「去了不一定成，成了不一定回的來，你願意賭？」李總兵問的同時已經知道答案。

「沙場十載，哪一次不是與蒼天賭命。」張紀昂不管是否被李總兵利用，他只想履行承諾。

「好，」李總兵拍桌山響，「待你刺殺妖后之際，乃攻破賊都之時，皆時你與奧莉嘉姑娘欲走欲留，本官絕不過問。」

※

張紀昂臨行時並無設宴壯別，只不聲不響離開。

但他見了奧莉嘉一面。

他進入由四名衛兵把守的房間，一進門便見到奧莉嘉倚在窗欄，安靜地望著枯萎的花園。

「奧莉嘉，妳沒事吧？」

「很好。」奧莉嘉的眼眸流露欣喜，旋即又恢復靜謐。

張紀昂一直想讀懂奧莉嘉平靜眼眸裡的訊息，現在他們生命的一部分是相通的，不需言語便可明白彼此。

奧莉嘉說：「我會向真主祈禱你平安歸來。」

「嗯。」張紀昂點頭，直盯著奧莉嘉美麗的眼睛。奧莉嘉心裡的聲音並不想他冒險，他莞爾道：「這是最後一次，待我回來，再不用妳救我或我救妳，我們去夢裡那樣美好的原野，忘卻一切，重新活一遍。」

奧莉嘉淺淺一笑，走上前用掌心觸著張紀昂結實的胸膛。

別時無語，自染哀愁。

第八章　血豔紫荊

太平天都曾是前朝都城，城闊牆厚，巍巍聳立。此時城外一片肅殺，湘軍和淮軍十五萬人馬將天都圍得水泄不通，城外制高點雨花山插滿湘軍旗幟。新到的武器彈藥源源不絕裝備各營，竭盡全力鑿開厚實的城牆。

由於執行的是祕密任務，張紀昂必須先避開城外嚴密的巡邏，費了一番工夫張紀昂順利躲過自己人巡視，趁夜色進入天都。他將乞降信交給守城的狂屍過目，狂屍在張紀昂身上發現洪秀媜的印記，態度立刻友好，由兩名狂屍護送入城。

洪秀媜居住的宮殿被稱為「天后府」，占地遼闊，裝修奢華，宛若人間仙界，放眼帝國無出其右。天后府的侍從清一色由女官擔任，這些清秀佳人羅列金銀打造的階梯兩側，循階梯扶搖直上，坐落金碧輝煌的巍峨宮宇。

殿內卻不見擺設，亦無藻飾雕樑，但通風和暢，幽光巧妙穿過屋瓦灑落大殿，彷彿收聚九天銀河。

洪秀媜穿一襲深紅高叉旗袍，頭戴圓潤紅寶石串成的垂珠冕冠，倚著一張鋪滿軟墊的樸素木頭座椅小憩。張紀昂不禁瞥向那雙伸出旗袍的潔白裸足，一路看往婀娜身姿，便發現洪秀媜正眨著那雙妖媚的眼睛盯著他笑。

「汝來了。」

「張紀昂思慮過後，願拜服天后，從此替天后鞍前馬後絕不懈怠。」張紀昂趕緊抱拳道。

「何言拜服，汝本就是朕的義人，汝來，只不過回家。」洪秀媜拉起薄紗披肩，「朕很高興迷羊知返，現封汝萬戶侯，不對，這不適合汝。」

洪秀媜每走一步皆顯春風柔情。

「喜歡？」洪秀媜以指尖撩著令男人垂涎欲滴的身軀，彈指一響大殿驟然亮起火炬，笑道：「這樣能看得更清楚些。」

「天后說笑了，在下並無此非分之想。」

「汝是嫌朕妖佞，還是心有所歸？不過小美人也好，朕喜歡她，若無她的無窮無盡的力量，朕焉能達成今日。汝等闕功甚偉，待朕滅掉北方朝廷，當扶汝為皇。」

「天下乃天后的天下，張紀昂不敢逾越。」

洪秀媜突然摟住張紀昂，在他耳邊軟語呢喃：「你很聰明，可惜眼睛太過實誠，朕的天父教導愛人如己、彼此相愛，汝的聖人訓誡忠君忠國、世間大同，可汝早拋下這一切成為自私的存在。」

「妳——」張紀昂詫異竟推不動洪秀媜。

「別怕，守護蒼生太累，可忠實自己所欲也非易事。汝當慶幸穿透內心疑雲才得到這番清明，汝無須愧疚，朕早已寬恕汝，只因汝是朕最忠誠的義人。」洪秀媜輕輕放開張紀昂，從他懷內取出浸泡血紫荊的匕首。

洪秀媜用匕首在手上輕劃一刀，瞬間冒出煙霧。

「更不能讓妳活著。」

從一開始張紀昂便不抱著僥倖。

張紀昂出手極快，但洪秀媜嗤笑道：「他們真夠狠的，用小美人來威脅汝。」

張紀昂停下腳步。

「既然汝的內心已拋下忠君孝國，何必拘泥陳套。不妨隨朕走一趟再做決定。」洪秀媜取下頭頂垂珠冕冠，置在座椅上。

這話觸動張紀昂心弦，若非為了奧莉嘉安危，他根本不想接下刺殺任務。於是他跟著洪秀媜邁出宮殿，乘著停在宮外的馬車徐徐前往劍拔弩張的城門。方才進宮時狂屍帶他走的是地方皆黯淡無光，但洪秀媜領張紀昂經過少數燈火通明的區域，洪秀媜說城內百姓正進行夜教演戰。張紀昂探頭出去，屋內人影幢幢，不時還能聽見小孩子嬉鬧的聲音。

巡守的狂屍見到洪秀媜鑾駕，紛紛下跪唱念其名號，她隨手指向幾處，道天都內有精銳狂屍兩萬，百姓十餘萬，扣除年幼的孩子，動員起來誓死捍衛之士可達十萬眾。

「天都人人皆知曾豫傳在城外，虧得汝的好總督在江南殺得人頭滾滾，更激這十萬百姓視死如歸之心。曾豫傳跟汝一樣秉著聖人之訓，卻屠了多少無辜百姓。」

張紀昂無法辯駁，曾總督雖是飽學鴻儒，但依著王賊不兩立的原則，對曾協助過狂屍，或疑似與狂屍來往的百姓下令殺無赦。江南一帶皆私稱為「曾剃頭」。

那時張紀昂認為曾總督作法太過激烈，但也明白斬草除根的道理，只是他從不參與。

因此天都內十萬狂屍將給城外軍隊帶來慘痛代價。太平天國治下之民皆知長生丹的事情，加上淮軍已知這些百姓也可用來煉藥，一旦破城必定連婦孺也難以倖免，因此天都內所有人都會戰到至死方休。

鑾駕緩緩停在城樓前，負責守備這一片區域的將領正是皎天，他對於張紀昂到來並不訝異。張紀昂猜測並非皎天有神算，而是他們毫無猜疑洪秀媜的任何舉動。

「情況如何？」

「辮賊架炮雨花山，看來將發動總攻擊。」

「倒是與朕謀劃相同。不急，汝只需顧好這片地即可。」

皎天頷首默然離去。

「皎天確實在錫城自刎，雖死而靈在，當他知道淮軍背信棄義，他原本安詳的靈魂躁動不已，於是又回到地上繼續完成使命。」洪秀媜替張紀昂解惑道。

「妳想說妳能不停復活狂屍，要我別打沒指望的仗？」

「朕並無此等異能，只是皎天比較不同。」

「因為他根本不是人。」

「倒不如說皎天是屬於朕的使者。」

洪秀媜嫣然一笑，嫋嫋走上城牆，張紀昂也緊跟於後。從高聳的城牆能眺望城外連營數里，營火照亮黑壓壓的人馬。湘軍跟淮軍拖來上百門火炮，分別部屬於幾個重要城門外，但實際要主攻哪座城尚還不得知。

面對威力強大的火炮洪秀媜神情愜意，似乎底下奔騰的只是建立大業前打發時間的鬧劇。

「多麼壯盛的軍容啊，可惜都要成為受苦的靈魂。」洪秀媜張開雙臂，湧出一股強勁的力量，倏地風起雲湧，陰雲籠罩。

風嗚嗚揚動旗幟，原野哀號，挑亂城外兵勇緊繃的情緒，霎時各營驚慌亂作一團。彷彿一顆石頭攪亂水塘，掀起波波震盪，而洪秀媜一派從容閑靜。

旋即烏雲轟轟，如有無數怒龍吐息，電光滋滋作響，散射數十道天雷，雷光所至立刻燃起野火，轉眼間雨花山濃煙密布。湘淮二軍也不甘示弱，開炮回擊，炮火雖猛烈，在洪秀媜面前卻若兒戲。

那股差點奪走奧莉嘉生命的力量已完全臣服洪秀媜，此時洪秀媜如凌駕芸芸眾生的無上之主，睥視腳下十萬生靈，唯有納降拜服才有苟活的可能。

「以朕如今神力，城外大軍彈指可滅。小美人的命是由勝者裁定，依汝聰慧，當知何者勝算大，良禽擇木而棲，你該做出抉擇了。」

「想帶走奧莉嘉的不是朝廷。」
「待平定北方，皇位由汝，朕會橫掃寰宇，建立千年王國。」
「以妳的力量何須求我，恐怕是妳必須留下我才能掌控這股力量。」
「汝也可選擇自盡，任憑君擇。」
「妳——」張紀昂隨即冷靜，忖倘若自殺真的使洪秀媜失去力量，天都必定守不住，李總兵要是順利攻城，難保不會食言。
「汝離開後可自行抉擇，與朕共享大業或遠走高飛。」洪秀媜將匕首交還，莞爾道：「朕要是不信守承諾，汝可一刀殺之。」

※

隨洪秀媜回宮的路上恰好遇見一個中年人帶著一群小孩子，見是鑾駕趕緊喊著孩子們下跪參拜。
「汝打算帶這些可愛的孩子們去哪？」
「稟告天后，小的準備帶孩子去設置烽火，預備明日攻擊時施放紅煙告知全城。大伙氣勢很旺，寧可拚死也不叫『曾剃頭』糟蹋。」
中年人再次向洪秀媜跪拜，便領著孩子們離去。

孩子笑吟吟地一手拿煙火，一手拿著花束玩耍，倒是像大年夜要去放煙火嬉遊。

「鳶尾花……」張紀昂不禁觸動。

「天都內生長繁多，汝也喜歡？」

「不——」

「待弭平城外，想摘多少送給小美人都不成問題。」

張紀昂避開鳶尾花的話題，便問：「妳打算明日出城迎戰？居然連小孩子都拉上來了。」

「破曉時，所有追隨朕的勇士皆會為建立和平的千年王國奮戰。原本汝想拯救的腐朽不堪帝國將成為欣欣向榮的樂土，汝的到來不正是天意所歸，不對，朕將取代造物主成為唯一的天。」

「難道妳要我也相信世間萬物皆是由妳的『父親』所創立？到現在我還不知道妳究竟是什麼。」張紀昂質疑道。

「信者恆信，對你而言朕是何物並不重要，汝只需相信汝所相信。」

即使是信仰洪秀媜的百姓也未必知道她是什麼，但只要能夠拯救他們脫離陰暗殘酷的煉獄便是值得恭敬膜拜的天。

洪秀媜攜著張紀昂穿過重重宮宇，來到她就寢的宮殿，四周被晶瑩剔透的水池包圍，只有一道狹小精緻的玉橋可供通行。宮殿主體不大，門窗大量裝設彩繪玻璃，除此外並無裝飾，裡面也只有屏風和床。

「汝是否忖朕既自稱為天，又何故安寢。朕確實不需吃睡，卻想體會人的感覺。」洪秀媜挽起絳紅帷幔，躺在柔軟的床鋪，「似乎這樣躺著便能更理解人類，朕思考為何汝等不願互愛扶持，終日忙著同類相殘。」

「妳是想當聖人教化天下？」張紀昂覺得洪秀媜的想法和聖人憧憬的大同之世並無兩樣。

「播愛於世。」

「讓百姓變成那般醜陋模樣也是愛？」

「汝說狂屍醜惡，藏在人心的邪念才是惡臭難聞，朕倒覺得狂屍可愛的多，汝不過以自我狹看他人。」洪秀媜起身道：「戰爭結束他們會變回去的，任憑選擇。」門外走來兩名用薄紗蒙著臉的女官，張紀昂僅能窺見側臉，但看得出比站在天后殿外的更美艷。

兩名女官一個拿熱水盆，一個拿毛巾，替洪秀媜擦腳。

「汝思考的如何，要隨朕出城，還是站在望樓觀看帝國消亡。」

張紀昂不語，只靜靜看著女官替洪秀媜搓腳。

「知道朕為什麼喜歡汝。」

回過神來，洪秀媜眼神犀利地盯著張紀昂。

「汝大概覺得是因為汝可為朕所用，此乃其一。汝最得朕歡心的地方是胸無城府，耿介硬脾氣，就像奧莉嘉一樣真實反應內心情緒，不想做的寧死不屈。這很好，特別是在這不太平的夜，汝的雙眼簡直成了火眼金睛。」洪秀媜看透張紀昂眼裡波瀾，他從不願假裝，如鏡子反映內心想法。當他想偽裝時便如在廣袤平原企圖挖洞的兔子，一舉一動都被盤旋蒼穹的鷹注視著。

張紀昂避開她的視線，瞥向其他地方。

「呵呵，朕聽說近日選了一批新的女官，但裡頭不該有太監。」洪秀媜捉住替她洗腳的女官的手。

女官倏地從衣服內劃出一道冷鋒，洪秀媜反應雖快，仍在手腕上留下一條冒煙的血痕。另一名女官見到刺客，嚇得放聲大叫。張紀昂也看愣了，當看見女官的眼睛時，便確定是蘇我假冒，只是沒想到蘇我竟追進天都。

「這位——朕應當如何稱呼？」洪秀媜顯然很滿意對方的身手。

蘇我揮刀如電，疾襲似風，洪秀媜卻像閒亭漫步，毫不費力避開。霎時兩人已過百招，高下立判，蘇我漸居下風。洪秀媜捉住蘇我的手，取下刀棄之一旁。

「看來他也是你的相識。」

「放開他！」

「汝想救的人比朕預計的多。」洪秀媜甩開蘇我的手獰笑道：「看在汝為張紀昂相識的份上，朕只截斷右手經脈。不過朕感謝汝帶來如此精彩的小插曲。」

蘇我狼狽起身，左手撿起刀，惡狠狠道：「我是來帶張紀昂回去的。」

「他會回去好好的過日子，只不過不是跟你。」

「無所謂，只要他好好活著。」

張紀昂驀然憶起蘇我在河畔舊亭落寞傷心的臉，頓時心裡揪痛不已。他捨身為奧莉嘉，而蘇我捨身為他，彷彿斬不斷的宿緣。

平靜的心再次動搖，亮出匕首朝洪秀媜背後捅去，但這點動作怎麼逃得過洪秀媜法眼，兩人瞬間便彈飛數尺。

「張紀昂，汝感情用事便是最大的缺點。」

「縱然妳過著人的生活，仍無法理解人為何會選擇這麼做，連我自己也不明白為什麼！」或許如洪秀媜所言，人為了愛會變得自私，自私到連搭進自己的性命也在所不惜。

張紀昂握緊匕首再刺向洪秀媜，這次眼中堅毅果決，他要帶著蘇我平安離開天都。他不懂為何萌生這個想法，但內心有個聲音告訴他必須要做。

「人的情感產生的行為總令朕始料未及，遠遠出乎想像。」洪秀媜一掌重重打在張紀昂胸膛，那一霎張紀昂以為心臟將被震垮，但洪秀媜還是手下留情。只是缺少靈識護體，起碼斷了大半肋骨。

洪秀媜沒有繼續出手，只是疑惑地凝視張紀昂。

「不殺我妳會後悔。」

「朕非人族，從不悔恨。」洪秀媜轉身冷冰冰地看著蘇我，「朕總算知道人為何要拚命隱藏自身情感，一旦被看透了，再厲害的人也難逃束縛。」

正當洪秀媜欲一掌了結蘇我，突然外邊傳來數十道聲響，洪秀媜立即出外查看，驚見烽火竟提早發射，然而瀰漫夜空的卻是陣陣黃煙。

「混進來的不只你們啊。」

信號一響，城外立刻炮火連連，大軍傾盡全力轟炸城門。頃刻天都警報四起，狂屍全數動員奔向遭襲的城門。這時洪秀娘無暇理會蘇我，反正他右手已廢，使不了刀。

洪秀娘走後，蘇我趕緊爬起身到張紀昂身旁。

「你怎麼會來，哈勒不該告訴你的……」

「姓李的早知道你下不了手，也知道妾身無法眼睜睜看你送死。洪秀娘說得沒錯，一旦真實情感被看穿，就只能任人擺布。」

張紀昂無法反駁，因為他也是飛蛾撲火。

「放烽火的該不會是——」當看見一群拿著鳶尾花的小孩時，張紀昂便該聯想到是誰的傑作。

「還記得小碧拿你一根頭髮的事嗎？她會找到你的。」

「你要去哪？」

張紀昂明知故問。

「就算轟開城門，城外十萬人也不是洪秀娘的對手。」蘇我揩掉張紀昂臉上髒污，撫摸刮不乾淨的鬍渣，不禁笑道：「把臉整理的乾淨些才會受女孩子喜歡。」

「別去，你贏不了她。」

「你忘了妾身來的目的嗎？送狂屍成佛。消滅狂屍本來就是妾身的工作，這可索價不斐喔。」

張紀昂咬緊牙關撐起劇痛的身體，以往仰賴靈識和奧莉嘉的治療尚能讓他勉強支撐，此時他是真正以肉體承受。

正因張紀昂體會到了，更不希望廢掉慣用手的蘇我去冒險。

「你擔心的事情夠多了，請休息一會，等你醒來後一切結束的。」蘇我溫柔地拍了拍張紀昂的額頭。

※

天都爆發自洪秀娘建立太平天國以來最激烈的戰鬥，狂屍和帝國兵勇瘋狂廝殺，面對不停歇的炮火依然前仆後繼。新血填滿舊血，雙方皆踩著同伴的屍體挺進，為理想、為利慾、為自己相信的未來榮景奮勇作戰。

當洪秀娘出現剎那便拉開戰局，她傲指漢霄，溘然黝暗的夜展開六只猙獰大眼，眼引下無數天雷天火，使湘、淮軍一度被逼到城門，他們解開靈識喚神助陣，黑甲猿臂神將拉開巨弓，射出金箭破開天雷。劉三省陌刀插地，鼓起滿身腱子肉釋出強勁的力道迫飛狂屍，勁氣頃刻匯聚成穿戴鮫革，滿臉橫肉、膀粗腰圓的力士，力士裸臂鬼紋，手持一對巨重鐵錐，足有橫掃千軍之勢。

一時滿天大小神將林立，力抗洪秀娘。

皎天等一干狂屍將領進入狂暴狀態，成為令人忌憚的惡鬼，雙方殺喊震天，屍橫遍野。

每個人都使出渾身解數，將在今夜取得最大的榮耀。

面對神將逼近，狂屍節節敗退，洪秀娘步履輕盈地踏過一具具屍身，旁若無人唱詠聖調。不同於奧莉嘉以平靜的鳴聲引導靈魂安息，洪秀娘展現出身為太平天后、無上之主的氣魄寬慰戰死的英靈，為他們的英勇戰殞感到驕傲。

洪秀娘笑容艷惑，一股令人發寒的邪卻直透骨頭。她彈指一響便化散金箭，伸手一揮六個眼倍增百隻，束集成一道血紅雷光，數千兵勇隨之灰飛煙滅，一剎天地厄若劫災。湘淮諸將催動靈識抵禦，但靈識不足者神將隨之具滅。

張紀昂挨著痛一路跟著詭奇天色，終於找到滿身血污、動彈不得的蘇我，如張紀昂所料，蘇我被打得遍體鱗傷，連左手也遭廢，那把不動尊亦難逃斷裂的命運。一伙由百姓變成的狂屍圍繞在蘇我身旁打量，見到張紀昂身上的印記便識相離開，轉投入戰況慘烈的戰場。

蘇我一息尚存，掙扎地綻開笑靨：「就知道你不是聽話的孩子，一定會跑來……否則妾身也不會對你這般著迷了。」

碧翠絲從張紀昂身後竄出來，一見到蘇我的傷勢便熱淚盈眶，忍不住抱著他痛哭道：「對不起……代姊，都是辮子頭說要跟來，所以我才這麼慢，不然我、我早就殺死大惡魔，你也不會受傷——嗚嗚嗚……」

「小碧已經完成我交代的事情，做得非常棒。」蘇我努力伸起手指，想摸摸碧翠絲的臉龐讚揚她做得好，但一雙手怎麼使勁也動不了。

「不要動了，我馬上帶你出去。」碧翠絲擦乾眼淚，小心翼翼抬起蘇我，並憤恨地瞪著張紀昂。

「喂，孫起，可以這樣叫你吧。如果我真的是女人，你會不會像對待奧莉嘉那樣對我？」

「在下會告訴你答案，但要等結束這一切，安然活下來的時候。」張紀昂真誠地望著蘇我美麗而疲倦的眼睛，「還有不管你是男人也好，女人也罷，都已是張紀昂心中無法抹滅的人。」

蘇我忍住淚露出微笑，隨即又疲憊地垂下笑眼。

有碧翠絲照料蘇我，張紀昂便無後顧之憂。他拾起浸過血紫荊的刀殘骸，跟匕首一起收在兜裡，艱辛地走到正大開殺戒的洪秀娘身後。

地上血屍不勝其數，洪秀娘仍舊保持優雅。

不過蘇我的刺殺並不像洪秀娘說得這麼不堪，蘇我用兩條手臂換取成果，她受了傷，威力沒有先前駭人，儘管這已足夠讓一幫神將叫苦連天。

每靠近洪秀娘一步，張紀昂便思忖她話中的道理。帝國的確腐朽不堪，百姓迫於生存甘願成其爪牙，說他們是為長生的若非愚蠢就是編造一個冠冕堂皇的理由方便剿滅。百姓都食不果腹、衣不暖身，要長生不老的有何用。

張紀昂征戰十年才通曉這個道理，或許他只是不願意面對事實。

若人的前途由天所撰，那麼洪秀媜注定走向敗亡，即使將成為新的「造物者」還是輸給李總兵算盡人意。

張紀昂將匕首扦進血戰正酣的洪秀媜背部，驟然雷不鳴、火不燒、風不興，唯有炮聲震天。洪秀媜掐住張紀昂的脖子，壓制他抽出殘刀的手，她能讀懂人的行為，卻始終無法解析人的情感。

張紀昂的手被殘刀銳利的刀鋒割得皮開肉綻，而洪秀媜只要稍微出力便能扭斷他的頸子。

「汝等說人算不如天算，天又怎知人情。」洪秀媜嘆罷鬆開桎梏。

刀深深插入洪秀媜胸口，一團黑火自傷處熊熊燃燒，洪秀媜緊緊捉住張紀昂，將黑火傳遞過去。黑火燙得像要熔化骨頭，但張紀昂知道洪秀媜正在治療，當黑火退去，疼痛感瞬時隨之消逝。

所有人不分敵我停下殺伐，看著張紀昂取下勝果。

「汝當知即使朕不在了，帝國也逃不過潰滅。」

「我知道。」

「呵呵，朕終是落得跟天兄一樣的下場，人心難賭啊。」

「就算天默然不語，人還是會做出決定。」

「汝說的很好。」

張紀昂將殘刀完全捅了進去，黑火瞬間吞沒洪秀媜的身軀。

「勝了，張紀昂成功啦，我們贏啦！」不曉得誰先喊出第一聲，接著帝國諸兵諸將士氣大振，欣喜若狂。

洪秀媜放聲大笑飛身離去，停滯的戰爭接續展開，少了洪秀媜的力量，湘淮二軍乘勝追擊，輾壓狂屍。

張紀昂推開興奮的兵勇，向天后殿緊追而去，匆匆趕到宮殿時眾女官皆化成狂屍散去，和帝國兵勇做最後抵抗。

張紀昂跨上天梯，推開厚重宮門，只見洪秀媜一臉倦容坐在木頭皇座，手捧垂珠冕冠。

洪秀媜含情脈脈以指勾著他，他亦欣然前往。

突然火炬噴出大量火星，轉眼空蕩蕩的宮殿盛開數十株紫荊，火星化作飛花，在兩人之間鋪設一條花徑。

「信仰真主的信徒叫它『叛徒樹』，可惜了這麼美的花卻配上這個名字。」幾片花瓣飄落掌心，她莞爾道：「能死在夜色下的紫荊花肯定很浪漫吧。」

「妳不是神嗎？怎麼會死。」張紀昂認為洪秀媜仍藏有殺招。

「確實如此，只是朕的夢想似已到盡頭，繼續活著也沒什麼意義。」洪秀媜說的輕描淡寫，彷彿不過進入夢鄉做個長夢。

「以妳的能耐要殺出血路並非難事。」張紀昂十分清楚。

「朕討厭不體面的事。」洪秀媜戴上垂珠冕冠，輕輕摟著張紀昂，無限柔情地說：「汝就好好的替朕看著帝國如何消亡，千秋之後的百姓如何活著。」

「千秋太久，我活不到。」

「對呀，朕忘了汝只是凡人。」

洪秀媜緊緊抱住張紀昂，深深吻了他的唇。

驀然紫荊樹消失，宮殿又回到原初，打到殿外的兵勇嚷嚷鬧鬧吼著要將洪秀媜碎屍萬段。

張紀昂毅然站在洪秀媜面前。

「難道汝還想保護朕？去吧，這裡已經沒有汝可做的事，好生珍重。」

縱使背對著，張紀昂腦中亦能浮現洪秀媜美艷的笑容，以及面對最後一戰的豁然，那絕非走投無路故作堅強，而是真正覺悟的瀟灑。

太平天后沒有失敗。

殿外哄哄吵雜，殿內闃然如死。

一陣沉悶步伐踏上天梯，迴盪不安的聲響。足音戛然而止，一個目光如刃的儒將昂首立於殿門，皺起一對八字眉，凝視木頭寶座上的太平天后。他穿戴雙眼雕翎戰甲，盔身繡著龍紋猛獅，身後無數將士一字排開。

「曾剃頭不遠千里來謁，朕不勝欣喜。」火光照映洪秀媜譏諷的笑臉。

「妖婦作亂東南十載，本督奉旨伐賊，今日就是妳的死期。」曾總督肅穆地盯著洪秀媜，「將士聽令，誅討逆賊，殺無赦！」

是夜湘、淮諸將於天后殿喚神激戰，激烈的戰鬥毀壞富麗堂皇的宮宇群，折損了不計其數的精兵良將後，太平天后終於敗陣，她被釘上倒十字架鎖進石棺，置在篝火焚燒。天都內所有活口全部戰歿，相對的讓湘、淮軍付出極為慘痛的代價。

如人間仙境的華麗宮殿付之一炬，黯然收場。

大家都說看見天上有個嘶吼的惡魔被天火燒盡，襲擾帝國十載的眼中釘終於遭到天譴，他們說遙居北方朝廷的君臣可以放心安享太平。

那夜張紀昂什麼也沒看見，他眺著天都上空濃濃煙霧，看了很久很久，直到東方破曉，然後駕著一輛馬車消隱晨光。

（本集完，待續）

【後記】

如果洪秀全是個極有魅力的妖女，如果太平天國是一群喪屍般的怪物，如果常勝軍裡有美麗的傭兵，打起來肯定別有趣味。

於是很快勾勒出一個畫面：美艷邪魅、氣勢凌人的真主之女率領不可計數的狂屍，在血月下睥睨一排各有特色的常勝軍傭兵。真主之女vs美女傭兵，《太平妖姬》的雛形就此誕生。

《太平妖姬》乍看下是妹子打殭屍，仍離不開歷史脈絡，虛虛實實之間反覆交纏，刀槍不入的狂屍是假，但成為狂屍的背後有著時代的悲哀。這些樣貌醜陋的怪物並非拿來給主角群割草的免洗筷，或是讓妖后壯聲勢的背景牆，他們是活生生有溫度的人，竭盡力量用力的活著。儘管渺小，卻是最真實的存在。

我忘不了《哆啦A夢》裡有一篇較叫《祖先！加油》的故事，大意是說大雄想回到戰國時代幫助祖先建功立業，成為武士，來到戰場準備出手時他困惑地問哆啦A夢哪一邊是對的，哆啦A夢則表示無所謂，因為：「兩邊都認為自己是對的啊，戰爭就是這麼一回事。」

帶著這個邏輯回到李總兵燒殺投降狂屍，用狂屍的骨肉做成丹藥充盈軍費，以他的立場作法無疑正確，誰願意打仗還帶著一顆隨時會爆炸的炸彈而傷害自己人馬；越戰時美軍大規模轟炸，甚至動用橘劑清除戰場，都是為減少己方士兵傷亡，所以上述兩個例子看起來都是對的，簡直是「愛兵如子」的表現。

在創作《太平妖姬》的過程我不想讓洪秀媜看起來像是單純的反派，因此思考如何平衡她在正邪間的定位，但我發現其實我過慮了，在帝國眼中她當然是十惡不赦的妖人，在處於高壓剝削下的百姓卻將她當作救世明燈。

對與不對，邪與不邪，一目瞭然，不需再強說什麼。兩邊都是對的，只是可憐是被戰火踐踏的小老百姓。翻開那一段怵目驚心的歷史，江南戰亂之地經過清朝與太平天國曠日持久反覆拉扯的戰爭，繁華成空，徒剩累累白骨，以及流離失所的百姓。

戰火無情，可嘆無情的矛頭終是指向百姓。

祈願人類真能以史為鑑，消弭世上一切戰亂，那麼奧莉嘉便不用為戰火逝去的人們送上哀歌，只需讚頌世間的美好與和樂。但恐怕還得很久很久很久很久。

扯遠了。

在第一集出場的角色中我特別想提蘇我代，因為寫蘇我代時我一直想到《火鳳燎原》的小孟，倒不是兩人身世或性格有什麼相同之處，而是因為他們都跨越過心理的障礙。

當然我很難想像那樣的心路歷程，但我知道這是一件了不起的事，也認為愛這件事與性別無關。有篇關於小孟的評文如此寫道：「小孟有男人的剛，女人的柔，人的兩個面貌小孟一人全演妥了，而且扮得極好。」我覺得這番話同樣適合放在蘇我代身上。

再向各位透漏一下，書名《玉虛歌》源自庾信作的〈道士步虛詞〉：「寂絕乘丹氣，玄明上玉虛。」玉虛指神仙住所，我將它轉借為洪秀媜想創立的「千年王國」。

說到這裡，不曉得有沒有已經被洪秀媜感召的讀者朋友，因為她結局的消亡而感到傷心？但請千萬別難過，歷史上太平天國在南京落陷後並未告終，殘部依然頑強存活，身為真主之女的洪秀媜自然沒這麼早吃便當，勢必要跟殺得人頭滾滾的「曾剃頭」來場大戰。

雜七雜八說了一堆，最後用一點小小時間來感謝。

首先是齊安編輯，他在讀完稿後給予很多寶貴意見，點出我忽略的地方，雖然後續改動時累了些，但能讓讀者朋友看到最好的成果，想想這點辛苦又沒什麼了。

再來《太平妖姬》裡有些關於聖經經文的描述，為了能讓大眾更好的理解，所以我問了信仰基督的朋友，請他們用淺顯易懂的方式解釋，然後我再呈現到書中，因此我要感謝這些朋友在書寫過程中提供的幫助。

最後感謝看完我嘮叨一通的讀者朋友，我們下次見。

樂馬　2019年3月10日　寫於自宅

釀奇幻32　PG2246

太平妖姬（壹）：
玉虛歌

作　　者　　樂　馬
責任編輯　　喬齊安
圖文排版　　林宛榆
封面設計　　蔡瑋筠

出版策劃　　釀出版
製作發行　　秀威資訊科技股份有限公司
114 台北市內湖區瑞光路76巷65號1樓
電話：+886-2-2796-3638　傳真：+886-2-2796-1377
服務信箱：service@showwe.com.tw
http://www.showwe.com.tw
郵政劃撥　　19563868　戶名：秀威資訊科技股份有限公司
展售門市　　國家書店【松江門市】
104 台北市中山區松江路209號1樓
電話：+886-2-2518-0207　傳真：+886-2-2518-0778
網路訂購　　秀威網路書店：https://store.showwe.tw
國家網路書店：https://www.govbooks.com.tw
法律顧問　　毛國樑　律師
總 經 銷　　聯合發行股份有限公司
231新北市新店區寶橋路235巷6弄6號4F
電話：+886-2-2917-8022　傳真：+886-2-2915-6275

出版日期　　2019年4月　BOD一版
定　　價　　280元

國家圖書館出版品預行編目

太平妖姬（壹）：玉虛歌 / 樂馬著. -- 一版. -- 臺
北市 : 釀出版, 2019.04
面；　公分. -- (釀奇幻 ; 32)
BOD版
ISBN 978-986-445-320-7(平裝)

857.7　　108003528

讀者回函卡

感謝您購買本書，為提升服務品質，請填妥以下資料，將讀者回函卡直接寄回或傳真本公司，收到您的寶貴意見後，我們會收藏記錄及檢討，謝謝！如您需要了解本公司最新出版書目、購書優惠或企劃活動，歡迎您上網查詢或下載相關資料：http:// www.showwe.com.tw

您購買的書名：＿＿＿＿＿＿＿＿＿＿＿＿＿＿＿＿

出生日期：＿＿＿＿年＿＿＿＿月＿＿＿＿日

學歷：□高中（含）以下　□大專　□研究所（含）以上

職業：□製造業　□金融業　□資訊業　□軍警　□傳播業　□自由業

□服務業　□公務員　□教職　□學生　□家管　□其它＿＿＿

購書地點：□網路書店　□實體書店　□書展　□郵購　□贈閱　□其他

您從何得知本書的消息？

□網路書店　□實體書店　□網路搜尋　□電子報　□書訊　□雜誌

□傳播媒體　□親友推薦　□網站推薦　□部落格　□其他＿＿＿＿＿

您對本書的評價：（請填代號　1.非常滿意　2.滿意　3.尚可　4.再改進）

封面設計＿＿　版面編排＿＿　內容＿＿　文／譯筆＿＿　價格＿＿

讀完書後您覺得：

□很有收穫　□有收穫　□收穫不多　□沒收穫

對我們的建議：＿＿＿＿＿＿＿＿＿＿＿＿＿＿＿＿

＿＿＿＿＿＿＿＿＿＿＿＿＿＿＿＿＿＿＿＿

＿＿＿＿＿＿＿＿＿＿＿＿＿＿＿＿＿＿＿＿

＿＿＿＿＿＿＿＿＿＿＿＿＿＿＿＿＿＿＿＿

請貼
郵票

11466
台北市內湖區瑞光路 76 巷 65 號 1 樓
秀威資訊科技股份有限公司 收
BOD 數位出版事業部

（請沿線對折寄回，謝謝！）

姓　名：＿＿＿＿＿＿＿＿ 年齡：＿＿＿＿ 性別：□女 □男

郵遞區號：□□□□□

地　址：＿＿＿＿＿＿＿＿＿＿＿＿＿＿＿＿

聯絡電話：(日)＿＿＿＿＿＿＿＿ (夜)＿＿＿＿＿＿＿＿

E-mail：＿＿＿＿＿＿＿＿＿＿＿＿＿＿＿＿